人生悲喜，字斟句酌；世界冷暖，字里行间。

最世文化
Shanghai ZUI co.,Ltd

插图 / 胡小西

最小说

深夜自愈指南

郭敬明

主编

CNS 湖南文艺出版社 博集天卷 CS-BOOKY

插图 / Fredie.L

[CONTENTS]

目录

CONTENTS

ZUI NOVEL

主 编 / 郭敬明
出 品 人 / 郭敬明

执行主编 / 痕痕
文字总监 / 痕痕

设计总监 / 胡小西
设计主管 / Fredie.L

目　　录

Zestful Unique Ideal :

版权合作或商业邀约
联系电话：021-62530237-158
联系人：张叶青、于漪

装帧设计 / ZUI Factor
(zui@zuifactor.com)
官方网站 / www.zuibook.com

流程主管 / 卡卡
宣传企划 / 罗航菲

文字编辑 / 卡卡、张明慧
孙宾、常怡君

图片编辑 / 胡辰阳
美术编辑 / 龙君、董璐

深夜自愈指南

TEXT | 痕痕

遇到Tsuki是在一个月亮很亮的晚上，它蜷缩在一堆废墟中，露出一副心安理得的样子。我从来没有看到过那么可爱的小猫，于是想要接近它，但废墟里的地形复杂，而且，Tsuki看到我的靠近就做出逃跑的动作，并且发出警告的声音。

于是我只能站在废墟外面，和它相安无事地对望，硕大的蟑螂在它的身边爬来爬去。

从那天开始，我就留意着Tsuki所在的废墟，我的一个做流浪猫志工的朋友说，可以用食物去引诱它。我问，那如果它不来呢？朋友说，一般都来。

我带了罐头去看Tsuki，它果然如天真的很好骗的小姑娘一样，从废墟里走了出来，凑近了紧张地舔食罐头，我想要伸手触摸，它畏畏缩缩，但终于还是摸到了它干涩的皮毛。

其实那时，当我每天晚上蹲守在楼下的废墟前，有一次被我妈妈看到了，她后来告诉我，我弯着腰，像老奶奶那样缓慢踱步，然后又蹲下来给猫拍照，她没有叫我，只是远远地观望。而当我提着借来的笼子，准备去把Tsuki带回家时，我妈也仍旧不知道我在干什么。于是她和我爸在我出门后，就站在窗口拿着望远镜看我，在我家里，有时候沉默也意味着一种沟通……

月色下的Tsuki，把毛茸茸的白色爪子收拢在身体底下，它对我缓缓地眯起眼睛。我拿着手机屏幕对着它，在屏幕中，它闭眼的动作显得十分缓慢，眼睛里竟然流光溢彩，透露出一种慈祥的神色。

封面封底/胡小西

封底底图/熊小熊

眼睛闭上，我就被装到了它的眼睛里。

Tsuki刚刚回家的时候，我对它假装发过脾气。当它咬我时，就用脚把它扫到床下去（因为说小猫要教的），一次用力过大，Tsuki在空中翻了几圈，仓皇地落地后，它没有立即逃走，而是站定了看我。我突然意识到，它像小孩子一样。怕我真的生气了，怕我不要它。

最初的夜晚，我和Tsuki躺在床上，看着它的眼睛，就会流下泪来，不知为何，在它面前皱着脸，咧着嘴，好像我又变成Tsuki的小孩一样。大概对我来说，总是独自一人的时光，突然被一双眼睛注视，这样的感觉也是陌生的吧。

我捡到猫，我和它各自待在夜晚的房间里，月色同样落在我们的身旁，但为什么感觉却是忧伤？

我决定，以后再被咬，也不对它发脾气了。

不让摸的，会咬人的小猫，半夜三点带着呼噜呼噜的声音靠近我，用它纷乱的胡须和湿润的鼻子触碰我。很费力地，我拿起手机看时间，果然又快凌晨三点啊……可以抚摸小猫的力气，像抚摸着什么漫无边际的东西，像摸到海水一样，又沉入到睡眠当中去。

Tsuki=月亮。在一个月亮很亮的晚上我遇到了它。

我想起，你也有你的月亮吧。Ⓣ

晚安，你好

TEXT 李茜
ILLUSTRATION Lanski

李茜 | 上海最世文化发展有限公司签约作者
已出版作品：《短长》《没有故乡的我，和我们》《遗忘将至》。
写小说和写剧本的好奇心旺盛分子

夜晚以显而易见的方式到来，夕阳映透玻璃窗，那是白昼的告别信，是夜晚的邀请函。

城市以点燃的电力迎接夜晚，夜复一夜，
人行横道往来不息的人潮，摩登的广告牌，
仿佛夜晚是嬉戏的小丑，天然热衷热闹。

有时，雨，恋人们的剧场，
夏日的白 T 恤和碎花裙，
潮湿的水汽是夜晚的呼吸，
呼吸，填满每一口的恋曲。

有时，食，烟火气是伴奏，
酸甜苦辣，
电灯氤氲的光，
夜晚有了味道，有了舌尖上的绕指柔。

有时，夜晚沉甸甸地压在人心上，
闪烁的霓虹灯亦不能照亮。

酒精成为救赎，烟草成为指望，
沿街而坐的阴郁的脸，是夜色中凝固的光标。

CROSS HARBOUR TU

第一乐章的高潮是公路上穿行的车流，
车灯闪耀，串连为线，那是新世纪的光之河流，
奔向各自不同的目的地，然而目的地又都有着同一个名字，
栖身之所。

继而，夜晚落入每一个形单影只的怀抱，
喧嚣已然结束，寂静在间歇的噪声中悄然占据最大的堡垒，

声音在寂静的包围中偃旗息鼓，
最后夜晚只听到单调的鞋跟与地面的对话，咚咚，咚咚咚。

空荡荡从一个形容词跃出纸面，
成为城市实际的主宰，成为寂静的玩伴，成为夜晚的食材。

末班地铁载着一千万人遗留的疲惫和失落归家，
仿佛每一日的句点，宣告某种意义上的完结。

红眼航班挣脱束缚，
扎入夜晚的臂弯，
漂浮于黑色幽暗的海洋，
徒留一抹轰隆声响，
在不断拉开的距离中褪色
为无声的远航。

一切的一切终于在夜晚的安抚下沉睡，
灯光是最后的守夜者，
照亮最后一个归家的旅人，拖长最后一枚黑色的倒影。

夜晚心满意足地匍匐于每一扇窗外，
聆听每一声以道别作为的问候，晚安。
夜晚轻轻发出小小的低语，你好。
晚安，你好。

小 说 剧 场

△▲△

也曾在夜幕低垂的时刻
跌落进爱而无望的迷惘
经历过生离死别的悲伤
被现实甩落了梦想
…………
总有一种情绪会被深夜放大
让人黯然神伤，又无处躲藏

11 位小说家化身 11 个都市守夜人

- 用治愈的故事拥抱起你的心伤 用暖心的文字陪你把心灯点亮
- 让所有的夜晚都灿若星辰 让所有的梦乡都甜美如画

愿白日所有的颠沛流离
都可以在夜晚得到最温柔的安放

ILLUSTRATION

深夜自愈指南

写给走不出旧情的你：

/

那些被时间和距离打败的爱

漫延成海洋般起伏的伤感

终有风平浪静的一天去释怀

/

— TEXT —

把悲伤看透时

▽

邢燕

[一]

来到海岛的第二天，就连旅行团中最沉溺于自我的一对情侣都发现了贾思敏和英乔的异样。

他们看起来……真的不像恋人。

这个旅行团是某个巧克力厂商赞助的活动，通过一系列烦琐的报名、答题、爱的表白、票选等环节，最后选出的九对情侣在时隔一年之后组成了豪华旅行团，共赴蜜月胜地。所以除了导游之外，大巴车上的其他人都应该互相依偎或自拍或讲悄悄话才是，唯有这一对，女人一上车就坐在最后一排，脸贴玻璃看窗外的风景，男人总是走到前面和导游聊当地的风土人情。

有好事的人想打听他们是吵架了还是假装情侣，但又偶尔会对他们流露出的默契感到震惊。比如如出一辙的喝水姿势（只喝矿泉水，拧开瓶盖，倒掉一小部分，仰起头大口大口喝掉）；比如参加漂流活动的时候，皮筏艇撞上一块礁石船尾翘起来，眼看着那个女人要跌进激流中，男人几乎是本能地扑过去揽住她的腰，然后搂过来抱在怀里。虽然只持续了不到一分钟，但在惊心动魄之余，也足够感人了。

那就只有最后一种可能了。有人跟导游闲聊的时候说道。

已经不是恋人了吧。也难怪……活动持续了那么久，一年多过去了，分手也不是不可能啊。

怪只怪，两个人都贪恋如中奖一般稀有的奖励，别别扭扭互发微信聊了两天，确定了最后一次共同旅行的行程。其实踏上异国土地的那个刹那，贾思敏就后悔了，这么热情的岛屿，如此尴尬的关系，还要维持嘻嘻哈哈的假象，心底有个声音对她说，你这不是度假，而是受刑。看着机场里其他情侣都互相帮对方拿包去洗手间换夏装，她在踌躇的当口，莫名心酸起来。临出门的时候贾思敏还被好友取笑，问她到底是舍不得这个白吃白玩的机会，还是心底依然期待能和英乔结束冷战，有后续发展。

毕竟当时闹得不可开交，再回头也是够难堪的，再说，对他的心思真的是淡了，基本上没了。当时贾思敏是如此回答的，没有说出口的是，她和英乔恋爱四五年，从来没有真正一起外出旅行过，两个人的日子过得有些拮据，英乔为了多挣钱经常飞国外做援建项目。当这个机会摆在眼前的时候，她真的不想简单地拒绝，而是想像拼积木一样，把缺失的那一块推到正确的位置上，然后永远跟过去告别。

“包给我，你快去吧，一会儿又要集合了。”英乔走过来对贾思敏很局促地笑了一下，直接跳过了寒暄环节，从口袋里掏出一瓶防晒霜，“从我家找到的，先把这半瓶用完吧。”

驾轻就熟地假扮情侣，只因为还未抹掉彼此留下的痕迹。大巴停靠的间隙，英乔会去便利店买水和零食给贾思敏，帮她装电话卡、拍照，在她去卫生间的时候站在外面拎包。晚上住进酒店，看到摆在床上的“happy honeymoon”也并不觉得尴尬，只是当作没看见一样把叠好的小象和花瓣扫到一边，贾思敏睡床，英乔睡地毯，关灯之后两人不说话，默默地玩会儿手机便睡了过去。

就像没事人一样。在这片与现实生活隔绝的岛屿上，他们好像忘记了其他干扰选项，仍然珍惜对彼此的感情。

[二]

问题出在第三天，大家包船去一座很远的海岛玩浮潜，船上有个男人落了单。听说是他的妻子怀孕不久，不适合玩危险项目。大家竟然就如此开始讨论起保胎的话题，像一群不喜安静的麻雀。贾思敏的脸色越来越难看，她说有些晕船，和别人换到了靠近船头的位置。异国水手盘腿坐在前方，就那样直挺挺迎着阳光，刚好容下贾思敏躲在他身后的一小片阴影里。她紧闭着眼睛，心随着海浪翻涌起伏，不知道英乔在做什么，她不敢回头，回头不是岸。

大概开了两个小时游艇才停下来。船上的员工叫大家换上救生衣下海看珊瑚。英乔靠过来，让她不舒服的话就在船上休息，贾思敏却咬着牙系好带子下了水。

躺在海里，就像死去了一样。想象自己飘浮在星星间，大海就是黑色幽深的宇宙。睁开眼睛能看到身下不远的地方，奇形怪状的鱼在珊瑚中钻来游去，突然有人说看到了海龟，大家纷纷去看。贾思敏留在原地闭上眼睛，耳朵里唰唰的水声淹没了她，世界突然变得如此安静。

据说这种感觉和子宫里的宝宝感受到的一样。

她手脚不动地凝固在这片纯净的蓝色里，想起她和英乔曾经的孩子。说是宝宝其实并不准确，那不过是未发育完全的胚胎，因为大自然的优胜劣汰法则还是什么原因，没有成形就流掉了。所有人都告诉她，她没有知觉，没有思想，连真正的生命都算不上。

可她仍然着魔般重复去听她的心跳声。

那是第一次可以听胎心的产检，她央求医生再播放一次才录下来的。失去孩子后的很多个夜晚，她一边听着毫无意义的扑通声，一边流泪。英乔始终没有回来，他在国外参加援建项目，得到什么消息都慢一拍。高兴的事情倒也罢了，遇上本该两人一起承担的痛苦，被时差如此摆弄，就显得格外残忍。那段时间她总是着魔一样沉迷在水中，躺在浴缸里，憋气把脸埋在脸盆里，她哭着一遍遍回想宝宝在她肚子里的场景，那个孩子——如果能被称为生命的话——她想叫她咪咪。等英乔回来，贾思敏已经养好了身体，心平气和地提出了分手。

忽然有人死死握住了她的胳膊，将她猛地从水里拖出来。光线如利剑刺穿她的身体，太阳明晃晃的，照得人睁不开眼睛。皮肤黑黢黢的异国水手对她喊着什么，一边拽着她的救生衣，一边把她拖到游艇边上。

无人注意到刚才发生的事情。有人伸手拉她上船，又塞瓶矿泉水给她，让她到里面坐好。贾思敏甩甩头发上的水，一抬头看见不知道什么时候就坐在那里的英乔。

他一直默默流泪。看贾思敏的目光，像看一只被大雨浇透的无家可归的老狗。

[三]

醒来的时候已是深夜，黑暗依然统治着世界，一场急雨下得毫无预兆。他们的房间离海滩很近，能听见海浪无休止翻起来拍打海岸的声音。海水像有生命一样，裹挟着不明的深意，意图登陆人间。贾思敏不敢睡了，迷糊中看见英乔披着毯子坐在阳台的椅子上吸烟，雨水从屋檐坠落，淋湿了他的脚。感觉到好像有人看他，英乔转头看过来。他的一撮头发从毯子里钻出来，那个瞬间贾思敏变得非常清醒，非常脆弱，想起以前一个很普通的秋日午后，他也披着毯子坐在阳台上看书。楼下有小朋友在做游戏。

老狼老狼几点了？

三点了。

老狼老狼几点了?

五点了!

老狼老狼几点了?

开饭了!

说完“开饭了”,扮演狼的小朋友就转身去追后面的小伙伴,孩子们抱着笑作一团。贾思敏靠在英乔肩膀上,两个人心意相通地想到未来,也要做一对平凡夫妻,养育一对儿女。

“你说过如果去海岛旅游一定要坐在海边喝酒,做漂流瓶许愿。”英乔从背包里掏出挤得皱皱巴巴已经变形的杯子蛋糕,还有一瓶红酒,“下午趁你去梳洗,我找了个咖啡店随便买的,本来想和你在沙滩上坐坐,不过下雨了。”

红酒其实很劣质,喝到嘴里有一股木渣味。两个人听着外面的雨声,沉默地喝完一整瓶。没人再提做漂流瓶的事情。已经过了许愿的年纪了,以后的日子得到什么失去什么,都取决于自己的努力和选择。

“这次回去之后,我就再也不出去了。”英乔说。

“也好,你爸爸妈妈年纪也大了,总在外面他们也不放心。”

打开电视,播放的是酒店的宣传片,里面的人露出幸福的笑容,说着他们听不懂的语言。年轻情侣,一家三口,独立自强的事业女性,每个人都在这座美丽的酒店中找到了惬意,贾思敏呆呆地看着颜色饱和鲜艳欲滴的画面,老家现在应该是深秋降温的天气了吧,明明离开了三四天而已,却好像离开那里很久很久。

英乔坐在沙发上,开始说话了。

“我在那边的时候,有一天晚上下班回到宿舍,在门口听见小猫的叫声,一只黑色的小奶猫蹲在门口问我要吃的。我给它吃了牛奶和面包,想进去的时候,它就扑过来抓我的裤腿。那是一只很小很小的小猫,摸起来瘦巴巴的,毛都打结了,但是因为这样那样的顾虑,我没带它回去,只把装食物的盆放在门口。第二天早晨,我在门口看见了它的尸体,那么小那么单薄,我强忍着难过把它埋在花园里，不敢想如果我前一天把它带回去一切是不是就不会这样。后面又过了好久，有一只大猫在路边对我们叫，好像在求助，我跟着它绕到另一片住宅区，它钻进一个封死的过道，叫我跟上来，但是我绕了好几圈都没有找到入口，只能在它的叫声里离开了。那也是我最后一次见到它。后来寒潮来了降温了，我总是忍不住去想这两只猫，甚至想象它们是一对母女，不，这只大猫跟前面那只黑猫长得完全不像，也许一点关系都没有。我错过了小猫的第一次求助，又错过了第二次。多想知道它们安然生活在某个温暖的角落，可那只小猫已经死了。这是和我只有一面之缘的两只动物，我挂心它们的安危，但又无能为力。

“后来你打电话哭着跟我说孩子没了，留不住了。我拿着电话，痛恨我自己为什么要待在这异国他乡，如果自杀之后灵魂能立马回到你们身边，相信我，我一定会照做的。那天太阳特别好，我却觉得非常冷，想说的对不起根本说不出口，只能安慰你以后有的是机会，叫你先顾好自己的身子。你对我失望透顶了吧。其实我也一样呢。

“冬天过去了，看你变得越来越沉默，我知道自己正在失去你，又什么都做不了。你跟我提分手之后我经常失眠，不知道该怎么打发黑夜，有时候凌晨睡不着了，就爬起来去花园，站在那片埋猫的地方，跟那只小猫说说话。”

英乔靠在沙发里，觉得从来没有如此渴望对人倾诉，但是大脑好像被外面的大雨冲刷得支离破碎，他愈想从话语中传递什么，愈觉得无法捞起任何一块情感的碎片。贾思敏背对他躺在床上，背影瘦削了好多，显得陌生又孤独。他知道她在哭泣。如果此时能起身过去给她安慰该有多好。

紧握着她的手，像保护风雨之中的一点烛火一样拥她入怀。

可是只能任凭思绪被话语推到很远很远的地方，一片空寂无边的孤海。没有衣着光鲜的情侣、家人、伙伴在灯光下把酒言欢，没有可完全接纳并消解疲惫的休憩之所。没有人能理解他此刻的孤独，就像他也不能真切体会他最爱的女人的孤独一样。

“晚安了，思敏。”他喃喃说道，“明天，也许明天，雨就停了。”

深夜自愈指南

写给经历了失去的你：

/

死亡并不代表失去

所有逝去的都会以新的形式重新降临

/

— TEXT —

孟婆汤

▽

孙梦洁

到阴间的第一天，我就被分去做了白无常。

虽然不记得自己生前是谁，是干什么的，却还是能意识到，这阴间和想象中完全不一样，直耸的大堂有十几层楼那么高，四面都是亮黑色的玻璃，可以隐约照出自己的影子，却看不清玻璃外是什么样，只能时时听到淅淅沥沥的雨声。

大堂的光不知道从哪里来，但能清楚地看到每个人的表情，无常们个个有说有笑，领着沮丧着脸的阴魂，引他们一个接着一个走进不一样的帷幔后。

对，这里没有门，只有帷幔。

我们这一批新人一共四个，每人都分到了一套白色长褂的制服、一个背包和一根故弄玄虚的捆绳，说是遇到恶鬼可防身可擒拿，但普通凡人拿到的就是一条项链。老师语重心长地指了指一旁的师哥说道：“他就是错误示范，长褂怎么能这么穿！简直是伤风败俗！”我们转头看那师哥，只见他的长褂半敞着，里面搭了一条牛仔裤，还把长褂的右半边塞进了牛仔裤里，他一脸桀骜地撇了撇嘴，连拉一拉长褂的意思都没有。

我身旁的姑娘扑哧一笑。

老师又严肃地敲了敲办公桌：“笑什么笑！你们上去抓人穿什么我管不着，但到了阴司，这长褂必须穿得工工整整！这是工作！”

众人噤声，师哥却已经传来眼神示意，分明说着，不用听他的。

果然，老师一走，师哥就捏起嗓子，有模有样地学起他来：“还有你这个头发，无常守则都忘了吗！及肩的油头长发，不能长不能短不能扎，你这像什么样子！”他一边说着，手也没闲下，很快就扎好了一个丸子头。

我还是忍不住开口问了：“既然你也不怕他，为什么不直接剪成短发呢？”

师哥顿了顿看了我一眼，漫不经心地答：“因为好看啊。”

“哦。”我点了点头。

根据无常守则第一条，勾魂摄魄完第一人，才算真的入了门，白无常先散魄，黑无常后吸魂。很奇怪，守则上还备注了勾魂摄魄一定要在月黑风高夜，这也要看天气吗？难道白日间鬼魂就不能往生了吗？不过这些我当然没有问出口，师哥说这年头都没有人把阴间叫阴间了，都叫幽都了，谁还管无常守则十三条里写了什么。

其他三人也没有什么话，乖乖地跟着师哥穿过大半个幽都，到了生死台，分别抽了自己的首签。

“姓甚名谁，家住何处，相貌如何，签上都会写清楚，你们可收好了。去年流程简化了，你们散完魄回到生死台扫个码交接，就会有黑无常择日去收回魂，等客户到轮回道报到，这单就算做完了，才能算进业绩里，听明白了吗？”

我看着手里的签，一张跟准考证一般大小的纸，上面除了信息外，还真的有一张端正的照片和一个二维码。我忍不住偷瞄了一眼周围人的签，却发现什么都看不见，没想到这阴司还挺注重客户隐私的，应该是只有无常自己看得到自己的签。

“还有最后一点，我要强调一下。”

师哥拿出一顶鸭舌帽，往我头上一戴，上面赫然四个大字：“一见生财”。

“你们戴帽子也好，印在衣服上当LOGO也行，我们白无常要散魄，一定要穿着带这四个字的衣服，好好记住了。”

帽子有些大，我困难地点了点头，刚想摘下来，却听到师哥说：“送给你了。”

“好。”我想说谢谢，但想了想还是没有说。

好在从幽都到魔都，有直梯。

师哥说近两年阴司吸纳了不少科技人才，幽都的交通几乎能连接所有的地铁直梯口，没有地铁的城市比较麻烦，还要坐老式的摆渡船到幽都的总梯去，那里可以通阳间所有的电梯、楼梯。

我跟其他三个人就是在摆渡口分开的，他们坐船，我直接上了直梯，还没等我做好心理准备，就回到了阳间，叮咚一声电梯门打开了，三、四号线，金沙江路。

我看了一眼我的签，我要找的人名字叫宋深深，去世的年龄是十五岁。

这一日的阳间艳阳高照，我在商场蹭了一天的空调，好不容易熬到晚上，才把摊头摆起来。

无常守则第七条，白无常散魄前，须让对方喝下一碗孟婆汤。

师哥给了我不少建议，我却挑了个最不省时省力的，用师哥的说法，这叫vintage（复古），二十年前这可是白无常们惯用的法子。夜幕降临，在城市的角落支起一个不起眼的夜宵摊，点一炷生生不息香，那些生命力薄弱的人就会被吸引过来。

虽然总觉得不一定可行，宋深深才十五岁，大半夜的会出来吃夜宵吗？但生生不息香刚燃了不到半炷，宋深深就出现了。

她扎着非常简单的马尾，眉眼清淡却精巧，背着藏青色的书包，书包上挂着一个小狗模型的挂件，经过夜宵摊的时候不经意地望了一眼，那一瞬间，我和她的目光相遇了。明明是十四五岁的脸，不知为何眼神却如深井，幽冷决绝。她掏了掏口袋，找出一张十块钱，递过来问："有什么吃的？"

师哥教我要说"卖的是柴火烧的，小馄饨和阳春面都有，可香了，来一碗？"，我踌躇了半天，却只说出口了"柴火"两个字，她又盯了我半晌，我这才缓缓道："孟婆汤。"

我以为常人听了不把我当神经病也至少会觉得奇怪，宋深深却只点了点头，默默地拉开夜宵摊旁边的椅子，坐下了。

"那就来一碗孟婆汤。"

五钱火麻，五钱生前泪，再和二两苦酒。

这可能是白无常的工作里，唯一留下来，必须这么麻烦的一个步骤了，当然像师哥这般直接在阴司配好了装在酒瓶里，径自去夜店找到客户寻欢的除外。

离开生死台的时候，除了签，每人还带走了一个玻璃小瓶，我的小瓶里面便是宋深深那五钱生前泪。

那会儿看，玻璃瓶里的液体是幽蓝色，如今却变成了闪着亮光的黑色。一打开，更是香气四溢，我知道每个人的生前泪都有不一样的气味，但我不知道这个味道常不常见。

宋深深的生前泪，是肉骨头的味道。

更不知如何言说的是，我竟然觉得这个味道有些似曾相识。

"我们在哪里见过吗？"虽只有十五岁，眼前这个女孩却总是一副少年老成的样子。

我停下了手里搅拌锅里温汤的动作："你觉得我……眼熟？"

宋深深点了点头，而后自己也有些迷茫地摇了摇头，半晌才道："汤好了吗？"

我愣了愣，鬼使神差地收住了正倒着的手，没有把所有她的生前泪都放进去，只把刚刚调好的火麻苦酒和已经滴进去的生前泪就着高汤和菜料盛给了她。

"你不是学生吗？这么晚，为什么还没回去？"

宋深深接过汤，闻了闻，怔了怔，看来虽然放得少，但她始终是闻出来了。过了好一会儿，她才有些出神地答道："因为不想回家，回家只会更难过。"

我没有再说话，只是浅浅地点了点头。

这是做无常的第一天，她坐到夜宵摊，靠近我的那一刻我才知道，无常是能感知到对方情绪的，有时还能追溯到情绪的源头，可我感知不到她到底因为什么而难过。

生生不息香越烧越浓，她喝着汤，看了一眼我的帽子，问道："一见生财是什么？"

我没有想过会有人问这个问题，我还以为这四个字在阳间不会被注意，就像我们无常的脸人是记不住的一样，所以只能吞吞吐吐地随口胡扯："我……我的名字，我叫生财。"

宋深深听到这句话呆了呆，突然就笑了。

"很有趣。我有个朋友，名字跟你很像。"

那一刻，我恍惚间好像在她的脑海中看到了一团灰雾，它像是要凝成形，却始终没有变成人影。

她指了指我头上冲天戴着的鸭舌帽："我喜欢他戴帽子，但他好像不喜欢，就会戴成这样，每次我拿起相机给他照相，他都会……"

"背过身子……"我脱口而出，"帽子就会掉下来……"

宋深深怔住了："你……怎么知道？"

我不知道，为什么我知道。

我慌张地笑了笑，没有回答："现在你那个朋友呢？"

宋深深还是死死盯着我的脸："他死了。"她说这话时脸上毫无波澜，见我没有继续回应的意思，便将碗中的汤一饮而尽，又把碗递给我，"可以再要一碗吗？"

死了。

我心中一个咯噔。

我看了一眼生生不息香，就快燃完了。背包里只有一根，而师哥说第一单一个客户最多只有一天的时间。

“可以再要一碗吗？”宋深深又问了一遍。

我看着她的脸，咬了咬牙，最后还是把玻璃瓶塞回了背包里。

“没有了，你明天再来吧。”

我深谙，她可能是我生前的朋友，甚至是亲人。而我心里也明白，是不会有明天的，因为如果要让她活下去，我可能就活不了了。

无常守则第十条，私改阳寿者，祭忘川河百年。

我本来以为自己这忘川河是跳定了，谁知师哥轻描淡写地就给我延期了一日。或许是看我表情踌躇不定猜到了什么，他提出，要带我去忘川河转转。

我们走过了好几道拱门终于到了一道帷幔处，师哥让我小心跟着他，我刚一跨腿，便踏上了一汪幽蓝色。

我从前以为阴间该是炼狱，到处该是刺眼的血红色，来了才发现这里的人沉静安稳，不多说一句话也不会少说，而这忘川河里本该是惩戒之所，却也如此没有戾气。

“你仔细看。”师哥见我出神，开口道。

眼前的幽蓝色慢慢褪去，忘川河底渐渐变浅变清，我定睛一看，吓了一跳。湖底躺满了人，他们都如婴儿般蜷缩着，不着衣履，安详如睡着一般，而那幽蓝色就是笼罩在他们身上的光。

“我在这里睡了百年。”师哥漫不经心地说，“一大半的无常，都在这里躺过，你知道为什么吗？”

我被眼前的场景震惊，还没缓过来，只摇了摇头。

“因为无常第一个要接的人，都是他生前最爱的人。完不成，才会交给其他人，他就必须进忘川河躺上百年。这个惩罚说重不重，阴司也乐于见到，因为忘川河的水，就是熬孟婆汤的苦酒，而这苦，就是你的苦，我的苦，无常们要亲送爱人轮回的苦。没了苦，哪有酒，没有酒，阴司轮回的职责也就进行不下去了。”

“生前……最爱的人？”我想起了宋深深那心如死灰的表情。

“对。所以我给你一日，或许你能记起她。到时候睡不睡这忘川河，还是由你自己决定，也是……让你见她最后一面。因为不管你动不动手，她的签已经上了生死台，是一定要轮回的。”

师哥看着我，我却不知该如何应答。我想不起前世，我想不起与宋深深有什么纠葛，如若想不起也罢，今晚索性就狠狠心让她喝下孟婆汤，但万一今天见到她又像昨天一样心软了，甚至想起来了……

“幽都最苦的，不是地狱的皮肉之苦，而是躺在忘川河，五感通达，眼穿人间，看着爱的人在下一世爱别人，又经历别的生离死别。”师哥久违地、认真地系起了长褂的扣带，拍了拍我的肩膀，“你一定要考虑清楚。”

我完全不知道要怎么办，都不知道自己是如何失魂落魄地走出帷幔，上了直梯的。魔都的三伏天还没过去，从电梯下来，只觉得底下腾上来的热气蒸得脚又酸又胀，等到晚上才稍微缓解一些。

这次，我没有点生生不息香，宋深深就自己来了。

她记得我。

“生财哥哥，你以后每天晚上都会来这里摆摊吗？”

不，今天是最后一天。我心想，但当然没有开口说。

“生财哥哥，还要一碗昨天的汤。”

我点点头，低头烧柴火，从包里取出配材，一个不小心捆绳从包里掉出来，掉在了宋深深的脚下，我一紧张起身撞到了头，宋深深先我一步看到了捆绳。

“这是……你的项链？”

我连连点头，伸手要去拿，宋深深却好奇地端详起来：“我帮你戴上吧。”

我顿了顿还没来得及说什么，她已经走到我面前。

“你皮肤白，戴这个好看。”她踮起脚，仔细地扣上项链，抬起头来。

今晚的她开朗了一些，笑也多了，我却忍不住泪流满面了。

宋深深吓了一跳：“你怎么哭了？”

我抹了抹眼泪：“没事，就是突然想起以前的一个朋友，跟你很像。你先坐吧，我煮汤给你喝。”

深深有些狐疑地坐下了，我再也没有抬头看她，激动地翻着包。临离开幽都时，师哥塞给我一张纸条，翻了好一会儿终于找到，我深深吸了口气，手颤抖着打开，上面写了三个字：无常泪。

离开幽都时师哥还与我说，孟婆汤掺上另外一种东西，就会变成忘情水，传说有人曾用它成功阻止过爱人轮回。

我手忙脚乱地调配好，递给了深深。她闻着道：“就是这个味道，觉得熟悉……但又不知道为什么熟悉。”

她喝了一口，我却还是忐忑不安。我决心要睡忘川河了，但也想让她能平安喜乐地过完这一生。

她的眉眼，她的嘴角，我一眼都不忍心多看。

我死的时候，她该有多难过啊。

我想起来了，都想起来了。

最后的日子里，她号啕大哭，喊着我的名字，趴在我身上不让我走，眼睛肿成了核桃。

深深喝完了汤，急着要走：“今天作业太多了，我明晚再来，明天是周末。”

我笑着点了点头：“那你好好做作业。”

深深嗯了一声，走了一小段突然回头，喊道：“以后我每天都来好不好？”

我猛地挥手，也猛地点头。她这才满意地离开，我不知道她是不是认出了我，还是只是觉得我像那个死去的我，所以有了寄托，但能在沉睡前再看一次她笑，我也满足了。

如愿，我还是被罚睡进忘川河。深深的判词也下来了，四个字：阳寿未尽。我本来只抱着搏一搏的心态，却没想到如此顺利。师哥倒是坦然道：“君心难测，便宜你了还不好？”

我想想也是，结果是好的，睡上百年，要困于幽都千年又如何。

我褪去长袍，与师哥道了一句百年后见，便沉进了幽蓝色的水汪中，看着他的脸变浅变远，而我的眼皮越来越重，慢慢睡了过去。

岸边的师哥望着水望了好久，老师从帷幔后跨过来。

“你没与他说吧：为什么宋深深能继续阳寿？”

师哥摇了摇头：“我也没想到，不过是十五岁的小女孩，竟有这么大的毅力每日求愿让这家伙可以投个好胎，还愿用自己的运换。”

“这宋深深我送过几回轮回，好几世都是了不起的大善人。可惜了啊，等她阳寿尽了，恐怕是逃不过跟咱俩做同事的命了。”

师哥失笑：“老师，你不总说，做无常都是积了德，特光荣的一件事吗？”

老师无奈地摇了摇头：“做无常啊，是最寂寞的事情了。”说完他跨出了帷幔，师哥急忙跟上。

“对了，老师，为什么阴司下的指令，他只要睡二十年？”

老师神秘兮兮地答：“阴间二十年，阳间也就十年罢了。”

师哥顿住了，好一会儿才意会，却不知该哭还是该笑：“这大概就是，轮回之意吧。”

两人一前一后匆匆地走过几个拱门，背影消失在下一个帷幔之后。

宋深深平安无事地长大了。二十四岁那一年，她嫁给了一个平凡的男人，二十五岁的时候她怀孕了，虽是顺产，却没经历什么疼痛。护士抱着孩子递到宋深深面前，说这孩子体恤母亲，没让妈妈太受苦，就乖乖出来了。

宋深深努力从酸累中睁开眼睛，握住孩子的手，孩子笑了，她却突然就哭了。

孩子的手上，有一个胎记，和她十五岁那年痛失的爱犬肉垫上的胎记一模一样。

她还记得自己叫着他的名字，在他的脖子上戴上牵引绳，他汪汪叫两声，看着自己的眼神。

她还记得每次给他戴上帽子拍照，他不喜欢，就会背过去，使劲想晃掉帽子。

他陪她度过了整个童年，她还记得他最后病得很重，走的时候也很痛。

她一直觉得总有一天他会回来的。

嗯，他回来了。

深深用鼻尖蹭了蹭孩子的鼻子，就像从前一样。

“从现在开始，你就是我最爱的人了。”

写给孤独了很久的你：

/

孤独不过是画地为牢地自我囚禁

走出去，方能拥抱世界的无边无垠

/

— TEXT —

夜尽头

▽

黎琼

8月的时候收到了市工程队的拆迁通知。

那时我还在花街的咖啡店里打工。因为附近的门面被拆得寥寥无几，店里头的生意跟着冷清不少，只有附近的学生下午放学后会三五成群地来享受免费空调。店面不大，装修简洁，我是店里唯一一个全职，还有一个兼职的高中生下课后会过来帮忙。

她今年高三，白天上课晚上打工，梦想是开属于自己的咖啡店。那日我弄完厨房的卫生，走到前台的时候看到她在和客人说话。

“别老看这些参考书了，放松些，来本漫画吧。”

说完她笑着走到放杂志书刊的台上挑了一本漫画拿到位子上去，我奇怪地看着她——那时是傍晚，店里一个人都没有，她却站在靠空调最近的那位子上自言自语。

“你在和谁说话？”她回到前台的时候我问她。

她随手一指刚才她站的位置：“那位客人啊。”

我有些吃惊，又巡视了整个店一圈，还是一个人也没有，只有黄昏投进的光芒。

“你看不见？”她问我，然后叹了一口气，“果然……”

“是什么？”

“没什么，就是最近一直跟着我的东西。”

“那……那种脏东西吗？”我吓了一跳，以为她撞到了鬼。

她边摇头，边收拾着桌子：“也不算是吧，只有在这家咖啡店里才会出现。”

我思考片刻，然后对她笑笑：“那应该是压力吧，是不是最近学习压力太大了？”

晚上下班时已经接近午夜十二点，我路过一家便利店，买了双人份的饼干和饮料，提着有点沉的袋子加快脚步。旧城区的改建使得房子被拆得零零落落，变成整个灯火通明的城市里萧索的一角，看起来格外阴森。

回到家已经是凌晨，我边开门边对着空无一人的客厅说：“我买了饼干，出来吃吧。”

这时沙发里有人冒出头来，露出埋怨的眼神：“你就不能假装不知道？”

“假装你今晚不会来？”

“假装看不见我好了。”翔森还是一脸无奈，接过我手中的食品袋。

吃完消夜他打开电视，意兴阑珊地转了好几个台，最后还是把柜子里的旧录像带重新翻出来看。那部剧他看了不下三遍，战争片，一共十集，唯独少了中间的第六集。那是我在街尾的影像店租的，店主说第六集被人租走后便再也没来还过了。那是爷爷在世的时候最喜欢的片子，故事很简单，战争的地方粗略带过，残酷的从来都是人与人而已。爷爷曾给予它这样的评价。

翔森聚精会神地看着屏幕，像初次看到那样兴奋。他的脸长得不像这个时代的人，倒和电视上的欧洲人有点像。

“你见过欧洲人吗？你去得最远的地方就是街尾那家图书馆吧。”每次我这样说，他都不置可否。

“你也不全像欧洲人，你的皮肤比较黑，像那个时代的军人。”

“为什么不走远一点？去看看真正的军人？”

“因为我走不出去啊。”

墙上的挂钟指针指向深夜两点，窗外好像下了小雨，轻飘飘的毫无声息。后半夜我们聊起了天，到天快亮的时候，我重重地打了个哈欠，伸个懒腰，然后准备好再次观看科幻电影里才出现的片段。

指针准确无误，翔森的身体开始渐渐变得轻薄，然后被窗外渐强的晨光吞噬，一点一点在我眼前消失，最后透明度强到能明显看清后面的餐桌和摆设。这很神奇，至少我第一次见到这情景时被吓得不轻。

消逝之际，我对他说：“这里快要拆了。”

他的声音也回荡在客厅里：“晚上见。”

其实我比谁都想要离开花街。

翔森说得对，我的确应该出去走走。不是没想过的，最初的时候，我想要出去闯荡，试试看自己想要的生活，如果能存下一些钱，就准备去各地旅行，那就再好不过了。可是后来我才发现，原来我无论如何也走不出这条街，只能在狭隘的空间里生活。

街尾的那家图书馆就是我的终点，以它为边界，另一端像黑雾一样，看不清前路，如果硬是闯过去的话，浓雾散开以后会发现回到了跟此端一模一样的世界。尽管那时，我并不知道原因，像陷入了封闭又循环的怪圈。

晚上又下起了雨，从打工的咖啡店回到家，离午夜还有几分钟，我正要去厨房煮一碗杯面，翔森突然在背后毫无声息地出现。

“煮杯面记得过一次冷水。”他拍拍我的肩膀。

“吓我一跳。”我转头瞪他，看到墙上的钟正好是十二点。

即使是过了这么久，翔森每次出现的时候还是会让我感到惊诧，他的出场方式实在是让人大伤脑筋。他尾随我到厨房，在烧水的时候我上下打量他，又看了看窗外：“没打伞？外面雨势不小哦。”

翔森两手一摊，无奈地摇摇头。

“你到底怎么来的？”我其实不止一次问过他。

翔森吃起面条，随口应道：“我也不知道，我每天的记忆都从零点开始，六点后消失。”

从两个月前开始，这种毫无结果的对话每两天就会上演一次。后来我跟翔森说，今天我接到了母亲的越洋电话，她收到了旧城区拆迁的消息，建议我搬过去和她一起住。我婉言拒绝，她只在电话那头叹气，然后现在我才恍然发现，我与她几乎半年没有联系了。

还有昨日下午有电视台的人过来采访，要为旧城区的改建拍一个纪念短片。一群老人家在摄影机面前老泪纵横，说这片土地养育了他们几代人，是感情的栖息地。后来摄影机拍到了咖啡店，主持人问了我几个问题，无非就是如何纪念这里的人事。

我对旧城区印象最深的，应该就是和爷爷一起生活的日子了。翔森听完，没多说什么，快到一点的时候他又翻出了那套战争片子兴致勃勃地看，他对此总有一种莫名其妙的热情。

我闲在一旁无聊，只能自顾自看书，过了一个小时后他突然问我：“你为什么不睡觉？”

“白天无聊，晚上好不容易有个人聊天，睡觉岂不是太可惜了。”我如实回答。

一个人是不是活得孤独，或许别人一眼就能看出来了。爷爷是军人，两袖清风，只剩这套廉价的房子。他过世后我便开始独自生活，要学会面对很多事，也失去了与世界抗争的能力。客厅很小，那张陈旧的沙发总是有潮湿霉烂的味道。一如既往地上班，去图书馆看书，看陌生然后熟悉的脸。每次从图书馆看过去，那里就是一条通向外界的路，可每当走过去后，就陷入死循环的僵局。

走不出去，在痛不欲生的日子里，遇到了每天晚上都会准时出现的翔森。或许大家都是相似的人，不管来路，没有未来，所以相谈甚欢。第一次见到他时除了惊讶也没有多想，毕竟要是我和别人说我走不出这条街，估计也没几个人会相信。即便他来历不明，身世不详，怪异地每天晚上十二点出现，早晨六点又消失，但有个人来排遣无聊的漫漫人生的确要好得多。

“喂，既然我愿意牺牲睡眠，你就只知道看这部剧，不腻吗？”我忍不住控诉。

“挺好看的，你看完了吗？”

“早就看完了，除了第六集，不过也不影响剧情。”

“好奇怪，第六集我看过，除了第六集，剩下的一点记忆也没有。”翔森说。

10月的时候我换了工作，在还未搬离花街的一家杂志社里做编辑。因经常流连图书馆，和文字打了不少交道，所以一开始也做得得心应手。虽然一成不变，但是工作的环境不错，同事也很亲切友善。下班的时候，同事还会相约一起去附近吃小吃，晚上看电影。

相处下来，生活的负担感觉减轻不少，除了他们提出的要去区外郊游，或者离开花街去购物、去游乐场，这点我真的无能为力。

往后我和翔森说起白天的生活，事无巨细，翔森听得也很仔细，像从来没见过外面的世界。翔森和我一样，只是他的空间比我要小得多，他连我这间房子都走不出去。

10月过后工作开始忙起来，每天夜里整理书稿几乎到天明。翔森也识趣地自己找乐子，无非就是看那部剧，偶尔看累了，会给我弄消夜，帮我订稿纸。如此过了一段时间，突然有一天我发现翔森出现的日子开始有了变化。原本是每天晚上都会出现，一天不差，后来就变成了隔天，甚至两三天才出现一次。

“魔法打破了？”在那次等了一晚他都没出现之后，我第二天晚上这样问。

“不知道。”翔森摇摇头。

“那你去了哪里？”

“好像我除了这里，哪儿也去不了。”翔森还是摇头。

对于不可知的事情，所有人都没有办法强求。他依然按照无法预知的频率，午夜来，清晨离开，翻来覆去看那部剧。我不知他何时会消失，我是说，真正的消失。所以能在一起的时候，就变得珍贵起来。那一次翔森五天都没有出现。那五个夜晚，我写了一篇稿子，后来发表在杂志上，据说反响颇好。不是时下流行的言情小说，而是单纯的一篇叙事文，写了去世的爷爷。

小学四年级的时候全家人搬到花街，刚上初一那年父亲意外过世，母亲选择改嫁，为了不成为母亲的负累，我决定跟爷爷一起生活。记忆里旧城区的房子总是显得老态龙钟，还有独特的樟树的味道。每天清早同爷爷一起走过公园，我去上课，他练太极。

爷爷年轻的时候是个了不起的军人，就算老年生活不如意也没要政府丝毫的帮助。活得堂堂正正，会点中国功夫，他时常和我说起他年轻时候的事，我崇拜他，他就翻出一堆相片让我反复地看，说他用一件白衬衫俘虏了奶奶的心。

那时他是我的整个世界，所以一年前爷爷过世，世界就空剩我一人。更悲惨的接踵而至，从那时起我就发现自己无法走出花街。害怕出门，害怕交朋友，更害怕漫长的失眠且孤独的晚上。现在就连是解救良药的少年都变得不可靠起来。

不知从哪个晚上起，翔森的身体逐渐变得模糊，只有那件白衬衫加倍地亮。有一晚我和他静坐在沙发上，我偶尔侧头，他身上那件衬衫的领子微微泛黄。接近天亮的时候我问他：“这里拆了以后你要去哪里？”

翔森低下了头：“这要看你。”

“你会跟着我吗？”我问，“还是守着这片废墟，或是，永远消失了？”

翔森抬起头的时候，窗外的天是初晓的红，印在他的脸上，他笑得比晨光还要温暖一些。

很快冬天来临，冷风枯燥地吹。12月初的时候我接到了市工程队的电话。这里新年过去以后就要被全部拆除，刚接完工程队的电话不久，我又接到了母亲的来电。

她在那头说话很慢：“房子拆了你要住哪里？”

“暂时还不知道。”我实话实说。

“来澳洲一起生活吧。”她的声音停顿了一会儿，“妈妈有能力照顾你。”

“再说吧。”

挂了电话我反复想了很久，趁着回家的时候去图书馆借了几本书。就是这个原因吧，我站在图书馆门前的那条路上反复安慰自己，它在我脚底下延伸出去，那边的世界熙熙攘攘，只是我根本走不过去。这样我如何去和母亲生活？

在那里站了不知多久，我想过迈开脚再试一次，但是身体就像灌满了沉重的铅，沉积到脚底，抬起来的力气都没有。最后我还是抱着书落荒而逃。不试，就不会有失望。

晚上看书看得沉迷，抬起头的时候就看见翔森坐在对面，他对我笑笑，随手翻开旁边的一本书看起来。我看了他身后墙上的挂历，居然隔了十天。

我微微一笑：“好久不见。”

翔森的声音像从远处传过来一样：“什么时候搬？”

“2月过后。”

“搬去哪里？”

“不知道。”我合上书，“也只能在附近找出租房了。”

“要是这里全都拆了呢？”

翔森一连问出几个问题，我招架不住，只能摇头。大概是这附近楼的人都搬走了，曾经人声鼎沸的楼宇变得沉默。即使原地变成了废墟，过后新建起钢筋林立的高楼也不会让世界变成汪洋，只是从此没有人再记得这个城区，遗忘，这点真叫人感伤。

第二天，杂志社开了最后的欢聚会。因为拆迁，杂志社已经搬到市中心一处灯火通明的地方，不用继续闷在破旧的楼里。于是我只能辞职，这次也算是一次饯别会。吃完饭大家又喝了点酒，借着酒劲我把事实说了出来：“我告诉你们吧，其实我走不出花街。”

四周顿时静了静，而后又吵闹起来，一个同事说：“好样的啊，誓与花街共存亡。”

他们纷纷说我喝醉了酒，我摇摇头，很认真地继续说：“我真的不行，总是像负累一样，哪里都去不了……”

印象里同事把我送回了家，是翔森照顾了我一夜。等我醒来时翔森已经走了，宿醉让我头痛欲裂，床头的柜子上贴着一张纸条，应该是翔森留下的，但是上面什么字都没有。我转头看时钟快到晌午，字随着少年一起消失，我挫败地把它揉成一团丢进垃圾桶。下午的时候开始收拾行李，仔仔细细地把东西打包封好，然后发现原来我能带走的东西并不多。

晚上翔森没再来，我有预感他再也不会出现了。最后一次出现是什么时候我记不清，好像是他坐在电视机前，衬衣的袖子皱成一堆。不时回头对我微笑，那套剧演到最后一集，沙沙的电流声在安静的房里格外清晰。

后来他问：“是你自己不愿意去吧，和妈妈一起生活难以面对，觉得自己是个负累？”

我莫名其妙地看着他，他好像能拆穿我的表情，继续说：“一直都是，因为嫌弃自己，所以你觉得失去了整个世界。”

“只要你不逃避，脚下就会生出路来。”

那时我没有回答他，就是把心中的预感对他说了：“你以后不会再出现了，是吧？”

“这要看你。”

他还是这句回答。

因为辞掉了工作，我就在家里一心一意地写稿，想在房子拆除之前留下点什么回忆，比如翔森。那时候他已经不再出现了，夜里就我一个人开着台灯，远处看过来也许就像孤星一样。春节临近，街上显得很喜庆，郊区的公园每晚都有人放烟花，我在窗口抬头看，噼里啪啦地响，原来就算在被遗弃的地方，也可以看见同样的斑斓。

后来翔森的故事被发表在杂志上，我收到了很多读者的来信。他们有的说想象力很丰富，有的说是很可惜的结局，还有的说，这种事好像每个人都经历过。除夕夜的那晚我受邀做了电台的电话访问，谈了为老房子做最后留守的人。主持人说起了我的文章，然后我接听了听众的来电。

有个和我同龄的听众打进来，她问我：“你有听说过背后灵吗？”

我在电话那端愣住了，她笑了一声说：“它们寄存在某一种感情里，不对，应该说它们就是一种感情，参考你长存脑海的原型，然后会幻化成实体。例如爱情，例如恐惧，例如压力。”她继续对我说：“也许你的背后灵就是一种孤独吧，昼伏夜出，独处的时候最明显。”

她说得很认真，像是她也曾经经历过一样。其实我选择相信，这个世界有太多自我封闭和自言自语的人，或许他们都是在和感情对话。就比如那时候咖啡店的高三女孩，那些成为压力的东西会出现在心里空洞的地方。

我继续问她：“那我背后灵的原型，到底是什么？”

她说：“你真的不知道吗？”

那时窗口又闪起了烟火，我想起翔森的微笑，露出洁白的牙齿，洗得泛白的衬衫比光线还要明亮。我坐在他曾经坐的位置上，抬头看时间，原来早就已经过了午夜。

春节过后我打电话给母亲，说要过去和她一起生活。母亲的声音显得很激动，一会儿说澳洲很热，一会儿说行李不要太重，语无伦次得像个孩子。我守着电话安静地听，一会儿笑，一会儿又想哭。也许翔森说得对，只要不逃避，脚下就会生出路来。

趁着下午还有时间，我去音像店归还借了很久的那部剧，我将它们放回架子上，第六集的位置依然空缺，店主在那里贴了遗失的标签。回到家收拾完行李，打扫干净原先爷爷住的房间，然后从他的床底下拖出一个大箱子。箱子里什么都有，旧军装、旧徽章、旧相片，还有一盒像是随手放进去的录像带。

我拿起来看，侧面用马克笔写着第六集。我有些诧异，只能无奈地笑了笑，把它用纸封好，塞进行李箱。然后又从箱子里翻出一个古老的相框，里面的相片和木料一样久远，散发着松香气，爷爷年轻的脸在相片里俊朗分明，穿着洁白的衬衫，英姿飒爽。

我把相框放到台上，如同好多年前爷爷不停要我练习的军姿一样，我傻兮兮地朝相片敬了一个军礼。

“柏翔森，了不起的军人。”

尾声：

旧城区的房子很快拆除完毕，彻底从地图里消失。只不过它们依然像是新起高楼的魂，依然守护着这座城市。2月过后我坐上了去邻市的火车，先到那里，再坐飞机飞往澳洲。窗外游走的风景很温暖，火车沿海而行。这样的景致，好像从未真正进入过我的心里。

在座位上随手打开一个读者的来信，她写道：外面的世界越是五光十色，内心的圈越是狭小。自己画地为牢，无力自拔又孤注一掷，直到有一件事，打开牢笼，然后明白孤独不过是人心里的东西。只要往前走，脚下就会生出路来，孤独方能痊愈。

深夜自愈指南

写给在爱情里迷失的你：

/

与其在一段错的恋情里伤感沉沦

不如擦干眼泪，去遇见一个对的人

/

— TEXT —

伊芙

▽

琉玄

– 1 –

伊芙，是个迷信“第一眼”的人，她认为一切冥冥中注定，第一眼看上的一定是最好的，所以她丝毫没有选择困难症，走进便利店买酸奶，会伸手拿走第一个映入眼帘的去结账，“人的本能会替我们做最好的选择”。

她说话时，喝了一口酸奶，脸上的表情没有任何变化，所以并不能判断出来她是否对这个第一选择满意。

她生就一张大写的冷漠脸，也不知道这五官是怎么组合的，明明是浓眉大眼，但看着就是对一切都漠不关心，她经常哭丧着脸找我抱怨，但是从表情上看不出悲伤来，她也经常被我说的话逗笑，即使是发自真心地大笑，也还是难以从这张脸上看出喜悦来，所以她给我的感觉是一个很“内化”的人，一切情绪都被封锁在身体里面默默给内部消化了，再散发出来时，只余下了百分之一，所以整个人散发着不热情的冷气。

我们相识的地点是在一场由我策划的漫展上，当时我把信息发布在本地的动漫论坛里，伊芙是见了帖子后赴约的观众之一，场地是本地一所艺术大学免费借给我的，在一场乱糟糟的舞台表演结束后，我坐在草地上休息，她径直走过来做了自我介绍，然后羞涩地和我握了握手，说我是她的偶像。

“我见你第一眼，就决定了一定要成为你的朋友。”伊芙在成为我最好的朋友之后，才坦然宣告了这个任务的胜利。

她是个有恒心的人，定了目标就一定要实现，当时我朋友很多，对这个横空出现的小屁孩并不上心，但是她通过默默陪伴的方式，以时间换取了我的真心，等我反应过来的时候，身边的朋友来来去去换了好几茬，才发现她一直都在，而且比起普通朋友，她更关心我的身体健康，到底是立志行医的人，她会面不改色地问我昨天的大便是什么颜色的。

那时候我十八岁，她比我小三岁，正在暗恋一个十三岁的男生，我开玩笑说：“你这是犯罪。”她一愣，然后消化了一下自己的紧张，才慢悠悠地反驳：“我只是觉得他很可爱，不是喜欢他。”

“不过你也才十五岁。”我后知后觉地想起来，因为伊芙的举止看起来实在是太成熟了。

她觉得可爱的那个男孩叫宸聚宝，这个名字挺好笑的，所以她给他偷偷取了个名字，在心里叫他小扑，他和她住一个小区，所以偶尔能遇见。

第一次见到的时候，伊芙见他以脚尖轻点着地面，轻快地在雪地一蹦一跳，结果摔倒了，他抬起脸时看见伊芙在看他，立即涨红了脸，怒道：“看什么看！”

这就是她一见钟情的过程，伊芙对我说：“你真应该看看他的眼睛，像我小时候见到的夜里的星星。”

她是迷信“第一眼”的人，她发誓非他不可。

－2－

然后伊芙一直等到小扑长大才告白。“现在我不是犯罪了吧？”她问我。

“你真有耐心。”我坐在陌生学校的升旗台子上，望着远处正穿过操场走来的人影。

小扑十八岁了，长得帅的小男生好像都不愿意好好读书，所以他在读技校，而二十岁的伊芙已经有了一份在医院里的实习工作。

“我好不容易从北京回来一趟。”我在风雪里缩着肩膀，“非得叫我看一眼你的小男人。”

“就想让你看一看他。”伊芙的鼻子冻得通红，“因为你是我的家人啊。”她的目光一直锁定在远处，嘴里一呼一吸地哈着白气，“见了家人，我心里就踏实了，不然……”

她总觉得自己没有正在谈恋爱的实感。

我最初落地北京的时候，没认识几个朋友，每天还是在网上和老家的伙伴们聊天，伊芙每时每刻都在对我更新她的“小扑观察日记”——

“终于让小扑记住我的名字了。”

“今天帮他写了作业。”

“他在学校里挺受欢迎的。”

“小扑跟家里人吵架了，因为他不想读高中。”

“你觉得男孩子过生日时都喜欢收到什么礼物？球鞋吗？”

“我明天准备告白！”

“我告白成功了！”

…………

但是因为告白太顺利了，所以伊芙在这段恋爱关系里一直处于忐忑不安的状态。

穿着红色棉夹克的小扑走近了，他走路的姿态是那种年少的轻盈，像是弹簧，一起一伏，配上正是最饱满状态时的脸，倒是不惹人讨厌，反而能叫许多女性不自觉地分泌出母爱来，他有一双剑眉，时常处于一高一低的状态，脸上总是带笑，露出一排整齐雪白的牙齿，他就那么笑着一直走到我们跟前，我仔细看了他的眼睛，确实很清澈。

“老婆。”他伸手把伊芙拽过去，然后亲了一口。

伊芙好像妈妈一样拍打着小扑肩上积的雪，拉着他转身朝向我，介绍完了之后，又爱怜地将他的手放进自己的大衣口袋里，同时说：“快叫姐姐。”

小扑看向我，挑起一边眉毛，故意“挑衅”地叫了我的大名，伊芙嗔怪地用身体撞了他一下，小扑于是笑得更是得意。

他还小，又长得帅，这个年纪的男生最乐于在异性面前显摆自己那大咧咧的男子气概，虽然幼稚，但符合他们的年纪，所以女生大多也吃这套，反正伊芙很吃。

“你好，你是南栩吗？”我冲站在小扑身后的男生挥挥手。

一张苍白阴沉的脸从阴影里出来，冲我点点头当是应了，南栩的个子和小扑一般高，刘海盖住了眼睛，和散发暖阳的小扑不同，他的气质阴沉得好像要融入雪中。

南栩是小扑的朋友，偶尔作为背景人物出现在伊芙与我的聊天记录中，实际上，伊芙在和小扑来往的大部分时间中，他都在场，但又沉默得像个影子，仿佛不存在。

– 3 –

等到雪停了之后，阿娇也来了，我们五个人在能唱歌的包间里吃了一顿气氛诡异的饭。

阿娇是和伊芙同一个时间段与我相识的，也是我最好的朋友之一，当然也因此和伊芙很亲密，她早已见过小扑，对他并无好感，因为他向她示好得有些过度，此时，小扑正在逗她喝酒，我看在眼里，觉得意料之中，阿娇之所以叫阿娇，就是因为她漂亮，和一个香港明星长得有九分相似。

伊芙的反应则是对一切都心里有数，迎上我的视线时，嘴角牵起来一个尴尬的苦笑。

由于阿娇冷漠得过分，小扑自讨没趣后便蹦回了伊芙的身边，他整个身子都赖在她身上，撒着情真意切的娇，我和阿娇交换了眼色，达成了共识，原来对小扑来说，伊芙的角色更像是妈妈。

至于南栩，一直沉默无言地吃着饭，等他吃完时，小扑的脑袋枕在伊芙的怀里，正在玩手机，而我和阿娇在聊着今后的人生计划，他百无聊赖地拿起话筒，唱起了一首方大同的歌，我和阿娇都停止了说话，惊艳地看着他。

小扑抬手钩住伊芙的脖子，和她亲吻起来，南栩这时瞟了一眼他们，又回过头去继续唱歌。

他这一眼，便叫我看明白了这三人之间的关系。

– 4 –

伊芙和小扑并不算牢靠的恋爱关系在迈入一周年时出现了第一道裂缝。

小扑的花花肠子，伊芙是知道的，他跟哪些女生要好，她都录入大脑里，名字、身高、星座、学历、穿衣风格，她像个护子的宝妈一般紧密干涉着他的社交，同时又因为怕惹他厌烦，尽可能地把握着模糊的分寸。

拿着两千工资的伊芙，平时吃住在家里，所以钱都花在了还是学生的小扑身上，她从不怨他不给自己买礼物，她像母亲一样包容他，甚至真的成了母亲的角色，她包办了小扑浑身的行头之外，还赞助了他“泡妞”的费用。

“不是泡妞……”伊芙想要纠正我的理解，但她思索了一下，又找不到别的词语，于是不再说话了，良久又补充一句，“他只是玩心重。”

逢年过节时，小扑都会送礼物给要好的女生，这些钱当然是伊芙掏的，甚至是伊芙陪他挑选的。

裂痕加剧的那天是阿娇生日，小扑希望她收下施华洛世奇的首饰，阿娇全程冷着脸婉拒，直到宴席结束后，小扑追着她到公交车站，俩人拉扯动作之大惹得路人注目。

“别闹了！”阿娇最终一甩手，使得那盒首饰从小扑手里飞了出去，“不要拿伊芙的钱买东西给我！”

伊芙全程好像外人般目睹这一切，听了这话，她的五脏六腑都似被钻了一下，但也只是嘴角抽了抽。

阿娇拦了出租车离去后，小扑凝望着地上的首饰盒发呆，伊芙弯腰捡起来，边递给他边安慰：“算了，她不喜欢这样的礼物。”

小扑拍开她的手，怒吼起来：“你怎么这么烦啊！打我小时候你就老黏着我，管着我！”他边往前走边不悦道：“你是我妈吗？”

伊芙愣在原地。“你喜欢我吗？”——她没问出口——她想问，但是话在腹部里一转就消化完了。她追上去，脱口而出：“别生气了，好吗？”

– 5 –

伊芙和小扑交往到第二年时，小扑终于不出所有人意料地劈腿了，和一个学妹，活泼、开朗、天真、幼稚，这个学妹是个非常“外化”的人，和伊芙完全相反，如果她有七八分开心，她就会以十分力气来大笑，如果她有十分难过，她就会铆足了眼泪哭个十七八分钟。

这一年我回家探亲时又是冬天，伊芙约我晚上“出来走走”，街上已经没什么人了，我们绕着居民楼一圈又一圈转，直到所有消夜摊子也开始收摊，她以极为平静的语气描述了最近发生的事情，小扑也是为自己辩解过的，他说自己就想喘口气。

“从小我就被你盯着，我的世界就这么大，全是你！睁开眼闭上眼都是你！我不能喘口气吗？我多大？我才多大？”在伊芙租的房子里，他穿着一身睡衣指着她冷笑，“凭什么我这就要定下来？我怎么知道你是最适合我的女人？这就是最适合我的生活？我就想知道别的女人是什么滋味！别的生活是什么样子！”

小扑觉得自己已经提前过上了养老生活，他身后的阳台上晾着一溜儿伊芙为他洗的衣服和袜子，厨房的水池里堆着等伊芙下班回来洗的碗，提着一兜子菜的伊芙还没来得及脱大衣，就站在客厅里和他吵架。

“你说这人怎么就能这么大方地说出这样的话来？我真的气到要疯了。”话是这么说，她却“扑哧”一声笑出来，好像自己说了个笑话，接着又看着我说，“但是我一琢磨又觉得他说得对。”

街上只剩下路灯，伊芙整个人比过去都憔悴了很多，脸上的肉像是被刀片过似的，在暗黄的光线里能见到骨头的轮廓：“他还那么小，当然对一切都充满好奇，可能是我做错了，我剥夺了他的选择，他那么小，还什么都不懂，我却强行把自己的喜欢塞给他。”

我抱她，于是她的脸埋在我的大衣领子里，很长时间都没抬起来，她的呼吸很重，我知道她又在很努力地消化情绪，使自己不至于在无人的街道上发出咆哮。

“我原谅他了。”她说，“谁叫我第一眼就喜欢他。”

– 6 –

第三年时，阿娇在网上问我什么时候再回老家，伊芙的状态越来越差，因为小扑和那个学妹一直藕断丝连，仗着伊芙离不开他，如今出轨得有些肆无忌惮了。

我们决定好好劝劝伊芙，但是在 KTV 里，她只顾着唱周杰伦的《简单爱》，她更瘦了，原来就好像冰原一样静谧的眼神，如今好像一潭死水。

“你很贱。”我一开口就来气，“你把你自己整个人都丢了，你现在就是在为别人活着，在为一个不喜欢你的人糟践自己。”

我夺走伊芙的话筒，她于是开始喝酒。

“我们真的是心疼你。”阿娇拍着伊芙的腿，眉头紧锁地看着她咕咚咕咚地买醉，“你觉得小扑看你这样子会心疼吗？”

南栩一直坐在阴影里抽烟，捡起话筒来又唱起了《三人游》，他的心意也未免表现得太明显了，然而伊芙什么都不知道，她眼里只有小扑，因为小扑，她的医生执照也一直考不下来。

“你还记得你以前想成为什么样的人吗？在遇见小扑之前，也在遇见他之后，你从来就不是只想做一个谁的女朋友，谁的老婆。”我看着伊芙被荧幕光映照得蓝莹莹的眼白，“但你现在就只是一个小扑看不上的，什么都不是的东西。”

南栩最先对我的话起反应，他很明显地瞪了我一眼，而伊芙依旧面无表情。

“现在，我也看不起你了。”我继续说。

伊芙突然把手里的酒瓶摔到地上，但她用的力气很轻，并没有碎裂声，她就是这样的人，在发火前会先消化一大部分，然后小心地释出一小部分。

室内一时只剩下无声的背景乐，伊芙终于“啊！”地尖叫了一声，然后眼泪哗哗地淌了下来，我知道她已经静静消化完了好几升的眼泪，却还是溢了出来。

–7–

我要走的那晚刚巧赶上圣诞节，伊芙说请我吃饭，她说会仔细考虑和小扑分手的事情，不过老天爷似乎并不想给她时间，我们一行人立即与小扑和他的学妹撞个正着。

这城市小到最好的餐厅都聚集在一栋商场的最顶层，所以遇到小扑和他的学妹在吃火锅时，我们都不算太惊讶，很久没见到小扑，我注意到他那双眼睛已经不清澈了，这倒也不值得惊讶，最叫所有人大跌眼镜的是伊芙，她竟然一言不发地冲了上去，胳膊一甩，一个大巴掌扇在了小扑的脸上，那声音叫所有食客都抬起了头，显然她使上了全力，毕竟已经在心里删减了数百个巴掌。

小扑原本还有些惊慌，这会儿却恼羞成怒，和伊芙吵起来，那个个子只到他胸口的学妹倒是没说话，端起火锅就往伊芙脸上泼，南栩眼疾手快地把伊芙拖进自己怀里，转身用后背承受了那锅油汤。

伊芙挣开南栩的怀抱，还想理论，却见到小扑下意识地把学妹拦在身后护着，他看她的眼神，好像孩子在看着企图毁坏他心爱之物的坏妈妈，伊芙心里彻底凉了。

“我们分手了。”伊芙凄厉地一笑，“明天你来家里，我家里，把你的东西都拿走，请你搬出去。”

这晚饭没有吃成，我们回到伊芙的出租屋里，帮她打包小扑的物品，最后我和阿娇先走，留下了南栩陪她。

–8–

后来，伊芙理所当然地和南栩在一起了，而被他俩成全的小扑和学妹，在一起不到两个月就分了，小扑于是想到要和伊芙复合，这三个人又纠缠在了一块，好在南栩行动迅猛，果断向伊芙求婚，见过了双方父母，看好了房子，交了首付，小扑这才死心，最终不会再有“三人游”的局面了。

伊芙邀请我去家里吃饭，她说南栩做得一手好鲜辣的湘菜，我看她的脸，圆了不少，可能真的每顿都吃两碗吧。

南栩告白的方式是给了伊芙一串空间密码，她进去后看见了他每天的“暗恋日记”，和小扑每一次伤害她时，他什么也做不了的痛苦自责，原来他对她是一见钟情，只是当他第一次见到她的时候，就知道她喜欢小扑了。

“他第一眼就喜欢上我了。”伊芙有些自满地说，“虽然我的第一眼错了，但他的第一眼没有错。”

写给忘却了梦想的你：

/

不要因为梦想的沉落而放任颓丧

其实你心中一直有光

/

— TEXT —

隐隐内有光

▽

自由鸟

阿拉伯风格的雕花洒金窗棚，葫芦形的拱形门廊，小巧玲珑的喷水池，迷宫样的布局繁复精致……真不知是谁家花园这么漂亮。我一袭白衣，或疾速穿行，或腾挪跳跃，快得仿佛是一道闪电。耳畔有风，满面清凉，迎着星月微光，我纵身而起，虽没翅膀，却乘风飞翔。脚下山川河流如同碎钻，熠熠生辉，极目远眺，我便欲飞往十万里外，也是稀松平常之至啊！

一觉醒来，已是中午时分。这也难怪，我长期失眠，夜里总睁着眼，天明才入睡。正因为失眠，我才最爱梦境，梦里有故事、有酒、有马、有茫茫四野和所向披靡，只有鲜活的梦境才能证明我确实曾经睡着过。

翻身下床，用手机 App 叫了外卖，然后刷牙洗脸。一顿早饭并中饭的卤肉饭套餐十八块八，晚上再叫一顿晚饭大概二三十块。加上水电煤宽带话费房租，每天足不出户的生活也要一两百元。按这个消耗进度，账户上的余额只够我支撑六个月。六个月。

对着镜子，懒懒地刮着乱长了好些天的胡子，忽然发现了白色胡楂。白发早就有好几十根，只是集中长在前额，略长的刘海就可以盖过。可如今胡子也白起来啦！心里不由得一阵沮丧，但镜子里的自己却依然面无表情，认真机械地继续剃刮。

镜子边夹着张泛黄相片，相片里一共有五个人，都是少年，都穿着白衬衣，剪着可怕的杀马特发型，手里怀中各操一把乐器，没心没肺地露齿笑。站在中间握着话筒，比着恶魔角手势的就是我。

那是1998年，我们“TNT 真夜时刻”组合参加蜜桃音乐台举办的“摇滚狂潮”选秀节目，初赛晋级成功后拍的。十七年前，我十七岁。全队都是十七八九岁勇战江湖的年纪。吉他手维京海盗，贝斯手琼斯酋长，键盘手斯巴达斗士，鼓手加菲猫王子，还有我——主唱令狐光。

等待外卖的时候，我推开朝北的储物间的门，墙角封装吉他的黑色琴套上落着一层灰，我只看了一眼，就关上了门。

吃过卤肉饭，把塑料饭盒强行塞进已经满满的垃圾桶，躺在床上用手机看电影。看了两部电影，浏览了些乱七八糟的新闻，眼见得又要到吃晚饭时间，一个白天又即将过去。百无聊赖之际终于有人打电话找我。

“令狐公子，近来可好？一直惦记着找公子喝酒，但听闻你深居简出闭门修炼，不敢轻易打扰。”江小鱼八面玲珑，虽然没什么大建树，但是是圈内编织人际网的一把好手，“不知道公子近期愿不愿意出来走走，见见众生？”

“喝酒吗？”我皱眉问。

“正是同喝酒有关，我一个发小做老板，在田子坊盘了个酒吧，找人驻唱，乐队有了，就缺个主唱歌手。我想着那里离你住的地方近，每晚九点到十点才一个小时的演出，不知道公子愿不愿意赏光？就当出来透个气，随便玩玩？”

“这恐怕……”我本能地想拒绝，眼前却浮现出账户里不断减少的余额。

“我和发小说，令狐公子可是大大有名的，以前上过多少电视电台节目，请也请不到的，他可崇拜你啦。出场费呢，自是难用金钱衡量，按实打实算，他小老板一个，也给不起。现下难为情，给公子两百元一场，每周唱两三场，公子就算友情提携，不知意下如何？”

两百元，我一天的开销。

“出场费低了些。”我硬着头皮道。

“噢，那我去和发小说下，让他提提价码。公子稍等，先挂电话。”片刻后，江小鱼又打来电话，笑嘻嘻道，“我说过啦，出场费两百太低，他说酒吧生意够呛，还要付乐队工钱，问公子两百六可好？”

只比两百五多十块。放在十年前，维京海盗会在对方屁股上狠狠踢一脚，叫滚他 × 的蛋。那时我们觉得，全世界都在我们脚下，现在我只知道，全世界都踩在我头上。

开始驻唱，队友老的老，小的小，那也罢了，还都是兼职，另外有白班工作。吉他手是个坐办公室的小白领，贝斯手是中国邮政送快递的，键盘手是学校食堂里做营养餐的，鼓手竟然是个卖猪肉的。整一个《海角七号》的乌合之众配置。可还没等我鄙视他们，他们已然对我目光中充满同情——在他们看来，我才是个没有正经工作、没有稳定收入来源的无业游民。他们当然也从来没有听说过“TNT真夜时刻”，只听过崔健、窦唯、张楚、郑钧、丁武，只觉得副业搞搞摇滚感觉上很拉风。至于江小鱼口口声声说崇拜我已久的发小老板，他崇拜所有能把器械奏出声音的人，包括拉二胡的瞎子和弹棉花的聋子。恐怕还是佩服弹棉花的更多些，因为这门手艺快绝迹江湖了。

漫漫前路无知已，天下谁人还识君？

我只顾唱，想沉浸在摇滚的汪洋里，忘记周遭一切。这个世界已经不记得我，我也要把它遗忘。但小白领总是掌控不好升调降调，快递叔始终怕迟到而抢拍，营养大厨配音太过小心翼翼，肉贩哥咬牙切齿狠剁架子鼓，好像那是他砧板上的猪肉，整个乐队的表演四分五裂。最烂的是我，唱着世面上流行已久的摇滚金曲，有时有气无力，有时声嘶力竭，活像一具抽风的僵尸。这些都不是我的歌，都不是我们的摇滚，所以压根找不到什么灵魂。

每晚依然失眠，有几次竟然幻听到我的旧吉他在储物间里呜咽啼哭。

一日乱哄哄的表演结束后，一个酒吧客人跑来直勾勾地看着我，问道："令狐光？TNT 真夜时刻的令狐光？"

我刚想冷冷道："你认错人了，我只是田伯光。"话还未出口，对方已经雀跃起来："令狐公子！我是你的粉丝啊，从小听着你的歌长大的！"

他一定要同我喝上一杯，拖着我去了隔壁的日式居酒屋。电视机里正播放地方台的综艺节目，舞台上灯光探照灯般扫来扫去，干冰似狼烟四起，几条人影剪纸般出现在光柱和烟雾里，几个脸部大特写很威风地唰唰唰切换，轰然演奏起一曲流行歌曲来。

"啊，是'逐鹿'组合，令狐公子，那可是你们的后生晚辈啊。2002年的地方台元宵节晚会上你们同过台，他们还是陪衬。近年来他们一只脚踏进影视圈，主演了一部网络电影。令狐公子，论实力和颜值，真夜时刻甩逐鹿十八条街，搞不懂你们当年为什么突然沉寂，一定要复出啊！什么时候可以复出？"

我摇了摇头，心里一阵钝痛。

凌晨两点半，我还在用手机搜索"TNT 真夜时刻""逐鹿""黑色闪电""天堂蔷薇""机甲骑士团"……都是当年同时期崭露头角的摇滚乐队，有的式微，有的四散，也有的崛起大放异彩……我们早已消弭于时光洪流中，几乎没有任何真夜时刻的信息，只有个别资深爱好者的历史回顾中提及我们的存在。也是，在我们扫荡江湖时，网络还未兴盛，更不消说这么多年过去。十年，连生死都可以两茫茫。

我知道这又是一个长夜，辗转无眠。

父亲从老家发来微信，问我国庆节回不回家："过年你就没回家，你娘准备的腊肉还吊在梁上。"娘没有手机，长途话费贵，快七十的父亲学会了使用微信，还经常在朋友圈里发各种老家的照片，他是怕自己将来忘，还是怕我已然忘？我

常常深夜点赞，但自己已经两年没发过朋友圈，父亲和娘只以为我忙，事实上是近两年状态太差，连伪装安康的心情也没有了。

“国庆节啊？争取吧。”我在微信回复里打上一个笑脸。可我又能扮着一张怎样的脸回去见爹娘亲友？我害怕人与人的直面，哪怕是亲人。

“儿子，你该成家啦，有对象没有？没有也不打紧，国庆节回来，有好姑娘和你相亲。先把婚结了，生个娃娃，有我跟你娘带，你再去忙事业。”好久不见，父亲在微信里变得柔软而唠叨，可能是娘在旁口述着让他手写输入。

“你娘让你每天早点睡，知道你喜欢深夜创作，但对身体不好。”

“好。”我发出一个扭来扭去的水果小人喜笑颜开的表情，“知道了。”

其实一点都不好。粉丝不知道为什么真夜时刻在上升期突然沉寂，其实一切丧的源头都在于我。是我恃才傲物，目空一切，是我起了异心，受了蛊惑想要单飞。

八年前，一家业内超级大制作公司派人来谈，说他们看中我，但只看中我，要和我签十年合约，一定会把我运作成中国新一代的崔健、窦唯、张楚、郑钧、丁武，条件是抛开我的原生团队。该死的我心动了。找维京海盗、琼斯酋长、斯巴达斗士、加菲猫王子他们四个喝酒，酒到酣处，我慢慢吐露了想离开团队的意思。他们都怒极，一番争吵，维京海盗砸碎了十几个啤酒瓶，斯巴达斗士想踹我两脚，被琼斯酋长和加菲猫王子拼命架住，他怒气冲冲地夺门而去，走不多久，不知怎的同街上一伙混混儿起了冲突，他以一敌三，被刺了一刀，左手肌腱损伤，伤愈后手指再也不如从前灵活，弹奏大受影响。

发生了这些事，我愧疚欲死，队友也不宽宥，我离开了团队，也没再同大公司签约，从此沉堕，连歌也很少写了。

那时候，幸好还有小樱在我身边。她最早是我们的歌迷后援会会长，大学专业是营销管理，毕业后什么工作也没找，跑来给我们做助理和宣传，后来成了团队经纪人，还做了我的女朋友。退团单飞的事，我同她知会过，她反对，我没理会，一意孤行。我羞愧离团，她却还是选择同我在一起，没有抛下我，在万物荒废中静静陪了我六年。

她离开，我看似冷漠，其实内心已经崩溃。我想要她回来，却说不出口。我还是有自尊的。只可怜这层自尊薄如蝉翼，轻轻一戳就会粉碎。从此睡眠出了问题，我夜不成寐，满眼血丝，青面獠牙，直随着时间推移，慢慢才略微好些。

我总想着她，她却从未出现在我梦里。我想，是她不再愿意与我有任何牵连，此生缘尽，恩怨两清。

忽一日，琼斯酋长给我打来电话，我惊喜又黯然，心情复杂。电话那头的他话语迟滞，虽微笑着问好，却也显得颇为踌躇。

“光，好久没见，肥猫同小樱生儿子了，明天办双满月酒，我们都要去庆贺，这是我们组合里第一个宝宝。兄弟们都有些想你。当初他俩结婚，我们都参加婚礼了，却是没敢叫你。这次生小孩，我说该问问你能不能一起来喝酒，当然，你若不想来……”

“我来的！我也很想你们！是我对不起小樱，她能找到真正属于她的幸福，我为她祝福。肥猫是我们之中最宜家宜室的男人，他俩在一起，很般配，很般配……”我微笑着，却悄悄流下泪来，不知道是为情伤难过，还是为兄弟们肯原谅我而感到欣喜。这是难过的一关，但翻山越岭，天地苍茫，哪怕冰雪如刀，也终究是要面对的。

抵达酒店前，我内心各种忐忑，几乎是煎熬。通宵未眠，脸色想必难看得很。但或许憔悴的脸色更匹配我内心的歉疚。兄弟们还好吗？他们会想揍我吗？斯巴达斗士的手是不是比以前好些了？场面会显得尴尬吗？

当我站在他们面前，琼斯酋长满脸笑意地张臂迎上来，轻轻拍了拍我的背：“光，你怎么又长高了？”其他人都朝我微笑点头。我突然明白，虽然他们没有继续把我当贴心贴肺的好兄弟，但至少已经不再把我当仇敌。我该心满意足了，但不知道为什么，内心还是隐隐作痛，仿佛我宁可他们把我当仇敌来得痛快一些。现在的我，对他们来说，就像任何一场酒席上遇见的点头朋友吧？他们愿意见我，是已经把过去的心结放下，也因为我早不在他们心上了。

琼斯酋长和维京海盗联手开了小型演艺公司，虽然艰苦，但也渐渐走上康庄大道，斯巴达斗士和加菲猫王子在公司里参了股，另外也都有自己的一份事业。斯巴达斗士开了高端家教课，小班教学声乐。加菲猫王子接手家族企业，摇滚是没时间玩了，每天同订单合同奋战。只有我是一事无成的，却怪不得任何人。时光快如流水，谁停下来，谁就沉入河底，成为一摊淤泥。

结婚成家的只有加菲猫一个，而且连儿子都生好了。我从没想过成家和要一个孩子，连和小樱在一起的八年里都不曾动过这样的念头。起先是因为忙音乐，后来组合四散后更是没有心思。今天看着小樱怀抱着一个白白胖胖、肥肥软软的小宝宝，满脸都是母性的光辉和人妇的甜美，不由得内心酸楚，百感交集。

小樱是渴望婚姻和孩子的，特别是两年前，她即将年满三十岁之际。她问我什么时候会娶她，什么时候可以振作起来，我什么都没有回答，只是靠在沙发上看手机。后来她就走了，从此离开了我。半年后我得知她同加菲猫王子成了热恋情侣。我确实恨过他们，也曾经怀疑过她在同我分手前就已经和加菲猫有暧昧了。组合里五个人，只有加菲猫是本地人，而且家里挺有钱，虽然身材胖胖的，却是个童叟无欺的富二代。加菲猫从一开始就喜欢小樱，小樱第一次来团里应聘助理时他就暗恋她了，他亲口对我说过。只不过那时小樱爱的是我……那时。时间会改变很多东西。现在我不做任何无谓的怀疑，现在我只想祝福他们，只能祝福他们，与子携手，白首不分离。

初为人父的加菲猫高兴坏了，抱着儿子给两百多来宾逐一传阅。老队友们也乐呵呵地一杯接一杯喝酒。满堂宾客，只有小樱这个哺乳期的新手妈妈是不喝酒的，她冷静微笑地看着丈夫，温柔的目光始终没有离开过他手心里的宝宝。

我退出酒席，跑到阳台上透气。没想到小樱也跟了出来，我不由得一愣。狭路相逢，面面相觑。

“宝宝哭起来声音好响亮，将来是个唱歌的料。”我牵动嘴角，勉强笑道。

小樱抬头望着我，赤裸裸的目光令人不忍直视：“还是告诉你吧，我一个人承受得太痛，尤其现在，我和菲菲这么高兴，我怕对她不住，一个人偷偷哭，那就太可怜了啊。”

“什么？”我听不懂她在说什么。

“你和我曾经也有过一个宝宝的，就在两年前，但那时你完全不想结婚。我没告诉你，悄悄把孩子打掉了。在医院里碰到菲菲，他帮我找的医生，联系护工，照顾了我一个月。那个孩子……那个孩子……很可怜。现在她有弟弟了，我只希望她在天上有知，爸爸妈妈都记得她，她不是没人要的孩子，千万莫要太伤心……”

我怔怔地站在阳台上，连小樱什么时候离去都不知道。我竟然有过一个孩子。我竟然连抱也没抱过就失去了她。

失眠与噩梦交替而来。我害怕清醒，又伤心梦魇。才短短几天，就好像老了十七八岁。曾经拥有过那么多美好，摇滚、兄弟、事业、小樱、孩子……我却都没好好珍惜，就这样让他们在我掌心支离破碎，化为一地尘埃。

夏天还未过去，没想到娘冒着高温从老家坐火车过来看我。已经一年多没见到儿子，她等不到十月国庆。屋子脏乱得像垃圾场，散乱着过期食品的冰箱满是异味，我胡子拉碴、形销骨立，她把我的惨状看在眼里，却什么都没有说，只是一刻不停地帮我收拾打扫，洗衣做饭。我默默地望着娘忙碌的背影，发现她白发多了，背也有些驼，手脚也没以前麻利了。娘已经六十五了。

娘在身边的日子，我的生活变得有规律起来，滋润起来。娘应该有很多问题想问我，比如为什么没有工作？音乐搞得怎样了？小樱去了哪里？打算什么时候成家？但像她这样唠叨惯了的人竟然全然没有来问，只是喊我吃饭，不要熬夜，头发该剪了，要出去运动晒太阳。对母亲来说，工作事业都是身外之物，女友爱情可以再找，唯有健康才是正道。关于身外之物和已经不属于我的东西，如果问了只会惹我烦恼伤心，那就一个字都不必提起。我躺在床上听音乐看手机，娘在厨房里洗菜做饭，她嘴角挂着笑，快乐地哼着小调。

这样看似平淡却无比深厚的爱啊，真叫我羞愧得无以承受。

娘在我这里住了十天，准备回老家去。临行前翻出三封信给我，说是在老家整理我的旧物时找到的，是多年前粉丝的书信，年代久远，信封都已变脆发黄。

十多年前我们正当红时没有智能手机，网络论坛、电子邮箱也不很通行，却流行笔友，于是全国各地的粉丝大都通过我们在电台和电视台公布的邮政地址给我们寄信。那时的信件真的像雪片一样多，每周去邮局取信非动用麻袋来装不可。信件有的是写给组合的，有的是写给队员个人的。凡写给我的我每封都看，个别还提笔回信，其中和一些粉丝还来来回回互通了好几轮的信。现在想来，徒手写字是一件多么费力的事情，但那时精力旺盛，似乎从没感觉累过。

粉丝来信实在太多，没有地方放，过得数月半年的就只得处理。娘曾来上海照顾我的起居，竟然从如山的信件中整理出了一些保存下来，我直到此刻才知道。

“这三封，你有空看看。”

第一封信是从开封市劳动教养所寄来的。信纸上方也印着劳教所名字，下面的字写得端正，但小得出奇，而且是繁体字，需要非常用心去看才能看懂。

信中写道：

你我虽未相识，并远隔千山万水，但听到你的歌，便感到一种狂热。或许是上苍注定的，在我最困厄的时候能有幸听到你的歌。然细思量，如今我已是被世人所歧视的罪人，满腔自卑如巨石深深压抑我的心。一腔凄楚，几多悲愤向谁诉？

十一岁时父母离异，母亲改嫁，我被迫易姓改名，母亲似乎要斩断我同父亲一切的血脉联系。我总是感到极度的孤独。面对喧嚣的红尘，我始终苦苦寻觅我梦想的世外桃源：小桥流水人家，阳光香茗繁花。我幻想上古的纯朴，渴望一剑一筝走天涯。

十八岁高考落榜，不堪继父“善意监护”愤而出走，机缘巧合，我得拜台湾高僧为师，剃度出家，同年考入佛学院。之后的六年里，我接连被委以秘书长、联谊会主席、副总干事等要职，并获得北大中文系汉语言文学学士学位。

大概是我六根未净，恶因深重。出家，于我只是离家，只是一条逃脱寄人篱下的解脱之途。可它解脱的只是我的躯体，并未解脱我的灵魂。出家为僧，依然有灵魂空虚的时候，我毕竟是有七情六欲的凡夫俗子，并不是出家后就跳出三界外、不在五行中的圣人先哲，我泥足深陷，一脚踏入欲望的旋涡无法自拔。追忆二十四年来的人生旅程，有时只想一死了之，感慨自己生不逢时，只有以药物来抑制自己的渴望。

1999年7月26日，我因吸毒被北京市公安局崇文分局抓获，同年8月10日被处以劳教两年，8月29日被押赴开封劳教所执行。

令狐公子，你是否觉得我很丑恶？

我在你的歌里听到无限的自由，只有在听你的歌时，我才会暂时忘记自己的丑恶，感觉剧烈的阳光如同暴雨般清洗我丑恶的灵魂。

我会把我二十万字的自传托人打印后寄给你，请你阅读后为我谱写一首歌。虽然对我而言是“红尘无限苦，空门长遗恨”，但想来在你的吟唱下，我会获得不一样的新生。

真诚为你祈福，永远光芒照人。

落款不是他剃度出家的法名，而是他的俗家姓名，他父母还未离异时的旧姓名——陈嘉烨。日期是2000年11月15日，十五年前。

我微微惊叹，我已经不记得此信此人，但可以肯定的是，我从没收到过二十万字的自传。

一个遁入空门的佛家弟子，因吸毒被捕劳教，又在服刑期间听我们的歌。那时在他眼中，我竟然“光芒照人”。如今的我已经完全不记得光芒照人的感觉了，也不记得“无限自由”的滋味，或许曾经有过？遥远如同上古的记忆……

我又抽出第二封信来。

亲爱的小光哥哥，我是你的小海鸥。前两个小时刚收到你的回信，欣喜若狂，忍不住又提笔写了这封信，希望这封信能载着我对你的感谢，很快飞到你的身边。

我一出生便是一个永远也站不起来的人。十六年来一直靠坚毅完成梦想。我从小学迈进了初中，但当我觉得生活真是美好绚烂之时，我的腿忽然无力、奇痛，不得不被迫走出校门。我心灰意冷，觉得前程一片黑暗，生活残酷极了。

我听不进父母的劝告、亲人的关怀，直到有一天我在收音机里听到了你的歌。我近乎狂热地四处去搜索你们的歌，尤其喜欢担纲歌曲原创和主唱的你。令狐光，好奇怪的名字，听起来聪明机灵、温暖光明。

我最喜欢你的那首《夜有前方》。歌里所唱的小女孩，有着和我何其相似的命运，听着这首歌，我忍不住流泪，为那小女孩的坚强流泪。我开朗了许多。小女孩失去了父母，天生是盲人，还坚定地活下去，决定要向前行，一路去远方见识世界。我还有父母亲人在关心照顾我，我一定要活得更坚强。

小光哥哥，读着你的回信，我觉得你就像《夜有前方》里那小女孩身边的守护神“火焰”一样，给我希望，给我曙光。

小光哥哥，你和真夜时刻一定要多出新曲，早日出版音乐大碟，我一定会捧场的。最好能开巡回演唱会，到磐石来，这样我就能亲眼看见你啦！

请不要为了创作而熬夜，虽然音乐重要，但身体更重要哦！

永远爱你、永远支持你、永远不忘你的小海鸥。

小海鸥，一个自出生就站不起来的小女孩，太可怜了。我依稀记得她，应该是给她回过几封信，但不记得自己写了些什么，希望不是胡言乱语，而是充满正能量地鼓励她勇敢面对人生。她绝对不会想到吧，曾被她奉为守护神的小光哥哥，如今却成了个“站不起来”的孬种。

小海鸥现在怎么样了呢？她的病情好点了吗？后来重返校园没有？算来她今年也三十一岁了，能不能工作？恋爱了吗？成家没有？这些事情我全都不知道，因为我未能坚持和她一直保持联系，时光飞逝，我们短暂的友谊四散在岁月洪流之中。

明明是重读十五年前的信，却仿佛是初次阅见。那个十九岁的自己，我都已完全忘记了他的性格模样，如今却在他人的信笺中窥见。犹自微微惭愧怀疑，我真的曾经白衣胜雪？真的曾经光芒照人？真的曾经热情洋溢，不仅写歌唱歌，还充满力量地鼓励他人？年少轻狂的我怎么就那么阳光？没有一点阴影？不，不可能的。那时我们是明星偶像，我们展现给粉丝歌迷的当然都是光彩夺目的一面。阴影被隐藏起来，慢慢随着岁月增长，逐渐吞噬光芒……我那时的美好并不能说是虚伪的，但它只是片面的。

第三封信，信封上的地址、字迹同第二封上的完全相同，我想大概也是小海鸥的信，抽出信笺却是大人笔迹，原来这封信连同两个信封都是这位大人所写。

令狐光同学，您好！我是刘明羽的母亲，叫王丽萍，在吉林省磐石市工业公司工作。非常感谢您给我女儿回信，她高兴得连觉都睡不着。

明羽十六岁，是个残疾孩子，患有先天性脊膜膨出症，双足外翻，经过几次手术治疗，能够行走，生活也基本能自理，但走路很费劲。

去年入冬，东北天气寒冷，她开始腰疼腿疼，只好辍学在家。这个孩子很聪明，学习也很好，只是在学校一坐十来个小时，身体实在吃不消。我怕她坚持上学影响到健康，只能忍痛让她休学在家。这段时间我发现她很孤独，每天自己在家看书、看电视、听电台音乐……对一个花季孩子来讲，确实没什么意思。

前段时间她收到了您的来信，高兴得像过年一样，逢人便讲她交了一个上海的朋友，还央求我找人教她弹吉他。我请了一个音乐老师，每周到家辅导一两次，她将来在这方面是否有作为并不重要，重要的是她觉得高兴，生活有意义。

上海与磐石相隔万里，您能在百忙之中回信，对一个残疾孩子来说，是精神上的巨大鼓励。我这个做母亲的心里万分感激，甚至比明羽还高兴。您为我分担了心理上沉重的负担。对我唯一的这个孩子，我一方面感到对不起她，另一方面千方百计地尽我所能把她照顾好。您的歌、您的回信给了明羽所需要的力量，这是我作为一个母亲却无法做到的。因此我特地来信，对您表示感谢的心情。

当然，也盼望着能够与您见面，如果有机会，欢迎您到磐石来我家做客！

此致！

敬礼！

落款日期也是十五年前。

这封信看得我鼻尖酸涩。深爱残疾女儿的磐石的那位母亲，和深爱着如今形同残废的儿子的我的母亲，都是这样温柔诚挚，情至深处细无声。她们总觉得自己给孩子的还不够多，终日操劳子女的起居饮食，费心孩子的身体健康，更忧心孩子的情绪思想。小海鸥的妈妈给一个二十岁不到的毛头小子致信衷心感谢，我娘把这些信保存至今，在我困苦茫然之际翻出来给我打气……可怜天底下的母亲，舐犊之情是何其相似啊。

我仔细翻看信封上的地址，非常简单，只是吉林省磐石市工业公司，没有具体的门牌号码。我打算就照这个地址去信，如果这家公司还在，就能找到小海鸥的母亲王丽萍。我要问她们好，问问她们的近况。

转念又微感迟疑。十五年前的我头顶光环，如今却潦倒不堪。我的去信对她们来说，是全然没有意义，还是惹人讪笑？

我上网去查先天性脊膜膨出症到底是怎样一种疾病，看到了好些近乎可怕的照片和病例。双足内翻外翻、大小便失禁、膝盖以下神经坏死没有知觉、截肢……小海鸥，你还好吗？

我开始提笔写信，不管她是否还记得我，我都要对她说一声“嗨”，小光哥哥没能做好你的守护神，在过去的十五年里缺席了你的人生，因为小光哥哥不小心弄丢了火把，自己也一团漆黑。直到今天，隔着岁月的长河，我竟然看到你多年前映射而来的小小火焰，火光下你笑颜如花。原来纯真如孩童的你，就是我内心没有熄灭的微光。

我打开房门，屋子已经被娘收拾得干干净净，吉他琴套也擦拭得一尘不染。我拉开拉链取出吉他来，握在手中，犹如握住一位暌违已久的老友的手。面对窗外沉沉夜色，我轻轻拨动琴弦，不知不觉间，突然发现自己弹奏的是那曲《夜有前方》。

等太阳升起来，明天又是新的一天。无惧黑夜，任何时候出发都不算晚。我要上路，要去远方的城市和村庄，我要去听海的声音，去嗅樱花的香。我不彷徨，我不慌张，因为火焰就在心里，火焰就在身旁。

这一夜我早早入眠。梦中仍是黑夜，我涉过溪流，翻越高山，看到一个青衣僧人背对着我站在山谷之中，手中提着一盏灯笼。我走近前去，他慢慢转身过来，对着我莞尔一笑道："令狐公子，你来了。"

我说："你是陈嘉烨？"

他双手合十朝我道："贫僧法名慧明。"

我问："你终于悟道了吗？"

他不回答我的问题，只是微笑道："你来得好慢。"

我看了看他手中的灯笼，叹口气道："我没有灯，一路摸黑而来，自然是慢的。"

他听我这样说，竟吹熄了手里的灯笼，目光炯炯地对我说："你看……"

漫天星光璀璨，山川河流，草木繁花，没有什么不被照耀着，满世界银辉浮动。

慧明说："你只是没去看，其实你心里一直都有光。"

深夜自愈指南

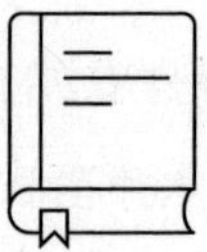

写给心里住着一个人的你：

/

无论现在在你身边的是谁

人生百味

唯一不想品尝的便是后悔

/

— TEXT —

谁陪我尝人生百味

▽

吴忠全

他是个生活规律的人，七点吃过晚饭，九点准时散步，一开始是在小区内，后来不够走了，就出了门绕着小区走。小区太大，一走就走到了街上，灯火喧嚣，醉酒在赶来的路上，人们保持着午夜前最后的清醒，但他不包含其中。他会在十点半上床，看会儿书，就睡了，有时睡不着，也不会再开灯，只是在床上辗转反侧，再等等，睡意终究会来的。

生活规律的另一个说法是无聊，他在丢了工作后便一直重复这无聊的生活。他是美食评论家，在好几个报纸和杂志写专栏，他小有名气，这城市还算像样的餐厅开业都会请他过去，他上个月被请去做美食比赛的评审，一连吃了二十几份羊排，味蕾早已分不清味道的优劣，羊油凉了贴在舌苔上，满嘴的膻味和黏腻。

他把奖颁给了第一个厨师，因为他只记得那家的味道了，却不承想隔天那个厨师代表的餐厅便被爆出了使用病羊肉，餐厅做了一圈危机公关，倒是恢复了往常的营业额，他却被传收了餐厅的好处，那张颁奖时和餐厅老板及厨师的合照就算是证据了，他无法辩解，证有不证无，报纸和杂志都不再收他的稿子，他失去了权威性，也再没有开业的餐厅请他过去。

大家都转头去找他的女朋友，她也是美食评论家，他们是在另一个美食比赛上认识的，当时两个人吃了二十几份猪蹄，吃到最后都跑去卫生间催吐，在洗手台前那相视的一笑，便是爱情的开始了。

不过现在他们的爱情也结束了，在她接替他写美食专栏后第二天，她提出了分手，理由是她的工作全都是关于吃的，和他在一起聊的也全都是吃的，她希望生活里除了吃的还能有一些其他的东西。

他都懂，所以也没说什么挽留的话，二十几份同样的东西吃下去，再好吃也恶心了。生活也是，陌生人等于新鲜感，新鲜感丧尽后，如果烦了，就不要强撑了，再强撑就恶心了。

他也是在散步中才想明白这个道理的。

小区外面的拐角处，有一家二十四小时便利店，他散步回来，会进里面买点喝的或日用品，他在冰箱前犹豫要选苹果汁还是胡萝卜汁时，一个女孩风风火火地进来，到货架前拿了两包压缩饼干和一瓶矿泉水，迅速地结了账就离开了。

他拎着苹果汁和胡萝卜汁走出便利店，就看到女孩坐在便利店门前的椅子上，吃一口压缩饼干喝一口矿泉水，他看着奇怪，就决定上前和她搭讪，这已经是他连续一星期在这里遇到她了，也就是说，她已经吃了七天的压缩饼干了。

作为一名曾经的美食评论家，他受不了人们不把吃饭当回事。

“只吃这个会缺维生素的。”他走过去，把一瓶胡萝卜汁递给她，她明显吓了一跳，但只局限在眼神里，她抬头看他，并没有伸手去接胡萝卜汁，然后时间过了几秒，他把胡萝卜汁拧开，坐在了她身旁。

“为什么啊？”他问，她一定明白他在问什么。

“我在那家酒吧上班，十点营业。”他顺着她的目光看到街对面，霓虹灯从一楼亮到三楼，目光收回来，又看到她手臂上的文身，那么大一片，肯定很疼。

“在这里随便吃点东西，就要赶着去上班了。”她说完倒是拿过他手中的胡萝卜汁，喝了一大口，“这是什么果汁？”

他愣住了，女孩把瓶子递还给他：“我没有味觉，所以吃什么都一样。”

这才是他要的答案，吃什么都一样，所以是压缩饼干，因为能最快地填饱肚子。

“谢谢你。”女孩起身离开，那样子倒是没有对生活的抱怨，是属于年轻人的透彻。他也不老，三十几岁，青春刚过，本不该再轻易起波澜，却突然心生萌动。

“哎！”他喊了一声，女孩回过头，他冲她晃了晃手中的瓶子，“这是胡萝卜汁！”

女孩笑了，比身后那三层楼高的霓虹还明亮。

隔天晚上，他在便利店毫不犹豫地挑了胡萝卜汁，在门前等着，女孩却没出现，已经十点了，对面酒吧里传来了音乐声，他朝酒吧走去，犹豫地进了门，立马被音浪包围，迷幻的灯光里，却没有女孩，他觉得自己被骗了。

可隔天还不死心，也不散步了，就拿着胡萝卜汁在便利店门前等，这回算是让他等到了，女孩看到他又是一笑，他却急不可耐地问昨天怎么没来。这语气里有责怪的意味，说出来就后悔了，也不知道她听没听出来。

“我昨天休息，上七天班休息一天。”女孩应该没听出来，回答得不像是解释。他一颗心放下了，把胡萝卜汁递过去：“那明天我请你吃饭好吗？”这话问得唐突，但也诚恳，表情里全都是卑微，却换来女孩的一阵笑声：“我没有味觉，请我吃再好的东西都是浪费。”

“不一样的，我能让你知道食物的味道。”他说得急迫。

“真的假的？”是怀疑也是期待。

“真的，我是美食评论家，你要相信我。”这话像是在炫耀能力，也像是在表忠心。

人在没经历过太多事情的时候，对世界的善意多过提防，好奇多过淡漠。

女孩答应了。

他带她吃的第一顿饭是火锅，麻辣的，红油锅在翻腾，香气扑鼻，他指着锅里的辣椒和花椒，说麻和辣都不属于味觉而是触觉，所以吃火锅你不会觉得食之无味。

她点点头，说可是吃起肉来还是像一块又麻又辣的破布。他正好在往锅里下肉，涮了几秒钟，肉熟了，他夹起一块，蘸了蘸蒜油碟，放进嘴里，一脸享受地咀嚼，等肉咽进肚子里，他说道："这牛肉从锅里夹出来的热度遇到凉的蒜油，冷却了一点，温度刚好适中。放到嘴巴里最先是蒜油的香滑，接着牙齿触碰到肉，才挤出锅底的老汤味，多嚼几下，肉质本身的鲜嫩才凸显，咸香会在整个口腔中挥发，在上颌靠后的位置会有一丝丝的甜，等把肉咽进肚子里，麻和辣的感觉才会涌上来。"

女孩听着他的描述，那些久远的关于味道的记忆又回来了，酸甜苦辣咸融合出的人间百味，在童年时她都尝过，只是一场高烧过后，它们就消失了。味觉刚消失的第一年，她还能记住每种食物的味道，靠着想象和回忆下饭，可一年过后，连回忆都抛下她离去，她吃一颗苹果，像是在啃一块泡沫，吃一块牛排，像是在嚼橡胶，就连喝口矿泉水，那一丝丝的甜味也被收走了，她对食物只剩下了果腹这一刚需，人间对她也丧失了一项重大的诱惑。

可此刻，她却不由自主地咽了咽口水，这也是都快忘记的本能动作了，隐藏在身体里，多年后又再次相逢了。她颤抖着伸出筷子，夹了一块牛肉，涮一涮，蘸进蒜油碟，放进嘴巴，回忆他刚刚说过的一切，咀嚼，感受老汤的味道，回忆咸香在口腔蔓延的感觉，还有上颌靠后位置的那一丝丝甜，然后麻和辣的真实触感袭来，她看着他，湿了眼眶。

他从她的眼睛里，知道自己成功了。

接下来便是一场美食地图的打卡活动，他带着她去各家他曾去过的餐厅，他觉得和过去的工作很像，还是描述食物的味道，可又觉得有些不一样，他总能换

来最及时的回馈，这和食物带给人类的满足感雷同，所以人们对食物总是无法抗拒，他对她也同样。

对女孩来说，这却是一场关于味蕾回忆的寻找，他每一句关于食物的描述，都让她重新找回了失散已久的食欲，在某些时刻，还能回到童年的场景，那时食物的可选种类没现在多，但又觉得样样都是珍馐。他的有些描述，甚至还会超越食物本身所包含的味道极限，使她幻想出更多层次的感受，生煎包是一朵下面烤焦了的厚重的白云，烤肉是素食对肉食最大的包容，就连麻辣小龙虾里的配料熟蒜，都是腌制过的山竹肉。

这样，她似乎吃下的不仅仅是眼前的食物，而是全世界，她渐渐地开始离不开他。

当然，他也没想过要离开她。

他很乐于带着她去吃东西，可每一种食物都要具备一个特点，要么麻，要么辣，两者融合就更好，本身不具备的话，蘸料里也要有。他不想她对食物的品尝只建于幻想之上，就如同人生哪怕有再多的虚幻，也要有一两样真实的幸福，人们才能去相信那些虚幻是存在的。

哪怕那麻辣其实都是一种另类的疼痛。

他们在外面的餐厅吃烦了，想自己做顿饭，她说想吃饺子，也想要包给他吃，可是她又不会。他学过一点厨艺，刚好会包，就把她带到家里，和面剁馅，羊肉尖椒馅，又别出心裁地在里面加了点花椒粉，尝了尝，竟有一种另类的好吃。

他说北方有习俗，吃饺子要配酒，以前人都喝白酒，现在人酒量差，都喝得温和，便开了红酒，两杯下肚，人和灯光都微醺，却突然没了话说。但总要找点话题的，不能让尴尬蔓延，他比她年长，所以要负责气氛，就又问起了失去味觉的事情。

她说也去治过，刚开始的时候父母带着她去了很多医院，药吃了一大堆，也没治好，渐渐地就放弃了，也没人提起了，像是没有这件事，一日三餐都恢复了平常。

她说对家境不是太好的人来说，失去味觉根本就不是一件很大的事情，这个阶层的人，温饱才是第一位的，其他对于生活品质的追求和怜惜都是矫情。

他听完这些话，心中柔软的地方又灌了风，就想带她再去看看医生。

可这果真不是一个容易看好的病症，大小医院去了很多家，仿佛童年的那些日子又重演了一遍，药仍旧吃了一大堆，针也没少打，却仍旧没有丝毫的起色，她劝着说算了吧，就像这病症是他人的。

他也想着算了吧，自己也尽力了，没什么遗憾了，可还是有不甘，怕撩起了她的希望，再把这希望收走，怪残忍的。也怕她的劝说并不是完全真心，有客套的成分，于是就想再坚持一下，都图个心安。

他经人介绍，带她去见了一个老中医，老中医确实很老了，不爱说话，走路都费劲，但这样的人又透着股神秘劲，让人又信奉起世上或许真的有奇迹。

老中医用的是针灸疗法，她以为要直接扎在舌头上，有些怕，但针是扎在头顶和脚下的经络上，那针细如牛毛，旋转着扎进穴位里，不算疼，转起针来感觉麻麻的。

扎完针还要吃中药，他拿回去给她熬，凉凉了给她喝，她喝了一口直接吐出来，喊着太苦，快放点糖。喊完两个人都愣住了，她咂巴了几下嘴，苦味在舌根仍旧浓烈。

“很苦吗？”他小心地问道。

“很苦，非常苦。”她回答着，眼眶就红了，他一把抱住了她，那剩下的一堆中药也不用再喝了。

中药是苦的，奶茶是甜的，葡萄是酸的，卤肉是咸的，人间百味她终于又都能尝到了，丰满且浓厚，他的描述纵然生动，可终究比不过这味蕾带来的真实感受，他看着坐在自己对面大快朵颐的女孩，渐渐有了种自己不再被需要的感受，他生出了不该有的失落，这失落是落后的道德标准，却也是他的真实感受。

他们又来到他的家里包饺子，仍旧是羊肉辣椒加一点花椒，仍旧配着红酒，迷离之际，她开口说了很多的话，非常多，味蕾恢复后话都变得多了，说到最后，

她很乖巧地靠在他的肩膀上，他以为她要说我爱你，可只是说出了谢谢你。他在那一刻也没有太多的失望，只觉得或许爱对一个年轻的女孩子来说太过沉重，不能轻易说出口，他只要她的心里对他是有喜欢的就足够了。想到这里，他意识到了自己在这段感情上的卑微。

他想要争取点主动："你要怎么谢？"这话说出口就有了淫邪的味道。还好她醉了听不出来，她摇晃着脑袋说："过两天你就知道了。"

他想着过两天是什么日子，于是懂了，过两天是自己的生日，原来她还留心了这个，这当然算是喜欢的举动，于是，他在心里笑了。

两天过后的夜里，她带着他去了自己工作的酒吧，一路拉着他往里面走，穿过人群酒客，有什么惊喜在等待着。到了最前边，那是个舞台，有支乐队在表演，年轻的主唱穿着时髦有态度的衣服，唱着只属于年轻的愤怒。

酒吧里很吵，她贴在他耳边说："今天是他们第一次演出。"

他明白了，前面已经没有路了，这就是她的惊喜，她并不知道自己的生日。

她又贴了过来，说："他很帅吧？我爱他。"

他的手还握在她的手中，他慢慢地抽了出来，掉头离开。

他想要劝自己那个"爱"是崇拜的意思，但他也瞥到了主唱和她相隔两米远的眉眼传递，那是不说自明的波段，爱过的人都懂得。他也懂了，爱对任何年龄的人来说都不沉重，面对在心里认为正确的人，就能轻松地说出来，那口气里都飘着甜意。

他走出酒吧，喧嚣就隔绝在了背后，她追了出来，算是严寒里的一缕暖意，他们没有过多的纠葛，都是聪明的人，都明白。她说对不起，我知道你对我好，可我就是控制不了，我就是喜欢他。

他说没关系，可又觉得不甘，想知道自己哪里不好，于是就说了蠢话："我哪里比不上他？"

这句话把她逼得快哭了，她不想伤害他，他确实也没有什么缺点，甚至样样比主唱好，可就是觉得不对劲，她说不出来，他也不再说话，就是要等这个答案，不说不会了结的架势。

他等了有一阵，在她彻底崩溃蹲在地上大哭时才听到了答案：“没滋味，就是觉得没滋味。”她的词汇量不丰富，只能说出这些了。

他的理解能力够用，这几个字就足够了，他知道她说的不是味道，却也是味道。他抛下还在哭泣的她离开，回到家里，无意识地看了会儿电视，觉得有点饿了，冰箱里有前两天剩下的饺子，放在微波炉里热了一下，吃下第一个，有辣椒和花椒的刺激，是疼痛的感觉，也是有滋味的感觉。

在酸甜苦咸等味道诞生很久后，辣椒才传入中国。

一个英国老头，一生没有离开过小镇，在七十岁那年突然步行去了最北方。

新欢新奇，厌倦乏味，初见的欢喜，或是漫长的觉醒，都是人的本性，都是组成部分，所以他不怪她。

他又吃了一个水饺，被辣得红了眼眶。

日子照常过，他再也没去找她，生活仍旧规律，每晚九点散步，只是换了路线，路过的三家便利店，都不是她常去的那家。他偶尔也会站在窗前，望一望三层楼高的霓虹，他知道她就在那里，过着没有他却也仍旧如常的生活，只是换了一个人陪她吃饭，她或许也会带着那个人去他们曾去过的那些店，点那些菜，说那些说过的话，他只是想到了那些，也没有觉得太难受。

关了窗户，夜里的风吹不进来，他们隔着一条路，他又想着她会不会在下班的凌晨，也偶尔朝他的窗户望一眼，也只是望一眼，便坐在主唱摩托的后座上，穿过夜晚的一整个街道。

他闲来无事，就又开始写起了美食评论，没有纸媒要，就发在网上，渐渐也积累了一些人气，可总觉得这些东西都是虚无的、抓不到的，于是想着做实体，便把多年的积蓄都拿出来，开了一家餐厅，又觉得只是普通的餐厅也没什么特色，灵机一动，也是因为一次酒后脑子里又过了一遍她，便决定餐厅专门接待失去味觉的人，他像对她一样，把食物的味道讲给顾客听。

这是一次冒险，却出乎意料地成功，他在餐厅里看到了各色各样的顾客，他们的相似处是味觉不同程度地丧失，相异处是有着各自生活中的欢喜苦楚，他向

他们描述食物的味道，他们向他讲自己的经历，不是每一个都能成为故事，大多人的生活还是平凡为基调，偶有精彩，他都记录下来，打发掉许多无聊的夜。这样，渐渐也积攒了许多，他还是偶尔发在网上，有一些人喜欢，有一些人厌弃，也有一些出版商找了上来。

出本书，这是他人生规划之外的事情，但出了也就出了，新人，也没印太多本，没抱太大希望，自然也就没有更好的市场表现，就这么，淡淡地，像是一个戏剧过场般，这事就过去了。本该平静下来的涟漪，却为他带回来一个旧人，他的前女友，那个一起吃猪蹄吃到要催吐的美食评论家，那个在他低谷时接替了他所有工作的同行，那个因为纸媒没落，又丢掉了所有工作的女人。

她回来是想求复合的，可爱情这东西，过去了就真的是过去了，强行挽回不来的，他拒绝了她的爱情，却给了她一份工作。他的新书在销量上没有什么水花，却把名声都反馈到了餐厅上，餐厅已经开第二家分店，他真正忙了起来，也需要更多懂美食的来当讲解员。

前女友接受了这份工作，几年后再相见，变成了另一种更理性的关系，但也因曾经的亲密，使工作上更了解所以成为得力的伙伴。生活上相互照顾，但也保持着足够的隐私，偶尔关心两句，也都是点到为止。她对他的照顾要多于他对她，过了某个年纪，女人天生要比男人成长得快。

前女友知道曾经那个女孩的事情，是在一次出差时，飞机延误，在落地窗外大雨滂沱的候机室里，他讲给她听的。

她听了，沉默了好一会儿，才说，哦。然后想了想又说，我算是知道你为什么一直不再恋爱了。

他急忙否认，不是因为她，是因为忙，也是因为觉得谈恋爱没什么意思。她笑而不语，只是直视他的眼睛，她这些年也算经历过几次爱情，该明白的都明白了，该看透的也早就看透了，她问，你想她吗？当你有一天穿了一件新衣服，对着镜子照了很久，觉得自己帅死了的时候，有没有幻想过被她看到该多好？当你有一天走在街上，看到一个熟悉的背影，急忙绕到身前去，却发现认错了人，会不会失望？

他想了想，没回答，只说这该死的雨怎么没完没了。

她懂他，于是起身离开，给他留下些一个人思绪翻涌的时间。

时间往前进，没终点，可人生是有的，过一刻少一刻，但大多时候都被匆忙填满了，忘了留意。

这几年，他越来越忙，餐厅又多了几家连锁店，还进了美食协会，他全世界地跑。前女友变成了他的助理，照顾他的生活起居，也心甘情愿。

在澳门的酒店里，他由于昨晚工作到太晚，中午才起床，前女友就拎着打包好的食物进来，他打开来看，是水饺，就想起昨天在吃飞机餐的时候，随口说了一句要是有水饺吃就好了，没想到这她都记得。

水饺吃了一个，两个，就觉得不对劲了，问她哪儿买的，她下意识地回答了店名，他抓起外套就往外跑，嘴里还是羊肉辣椒和花椒的味道。前女友跟着跑了出去，知道有事情要发生了，也知道他肯定找不到，便带着他到了那家水饺店。

松花江水饺店开在赌场对面的巷子里，店面小，却有大玻璃窗，到了门前，他却胆怯起来，前女友拍了拍他的肩膀，算是给他勇气，他才正了正衣服走了进去。环顾了一圈店里，三两桌食客，悬挂在墙上的电视里放着 TVB 剧集，就是没看到她。

“猩三，食咩嘢？”一个女人从厨房走出来，笑着招呼他。女人头发随便扎在脑后，有些油腻，穿着普通的长裤和长袖衬衫，胳膊上的文身都挡住了，那脸上有了岁月的痕迹，只一眼就能看出在生活里吃了败仗，他幻想过几次两人重遇的情景，就是没有这一种。

他想要说什么，却又什么都说不出，只是愣愣地看着她，她也那么看着他，他终于开口了，问你怎么到澳门了？这话是不轻不淡的老相识，得体又不客套。她听了话，眼中有了对刚刚话语停顿片刻的释然，明白了眼前人原来是大陆人，也就换了一口普通话：“你是谁啊？”

她当了老板娘后自己支撑起一个店，事必躬亲，要忙的事情太多，脑力不够用。

她忘了他。

她这些年过得慌乱，跟着主唱到处跑，主唱的那辆摩托车有时会变成轿车，有时又会变成自行车，什么车都没有的时候，他们就牵着手逛街，那样的日子月朗星稀，似乎什么都不怕。

主唱结交了很多朋友，也染上了些坏毛病，赌博就是其中一项，她本是攒了些准备结婚的钱，被主唱偷出来全都输光了，她冲他发脾气，他就扇自己的耳光，还拿菜刀要剁手，她肯定会拦，主唱就抱着她痛哭，这样的闹剧就多了起来。

主唱也有手气好的时候，用帆布口袋装着钱扔在她面前，抽烟的姿势都是意气风发的，却隔天就有追杀的，他知道打不过，准备带着她去澳门，说那里有兄弟可以投靠。临出发前一天，又拉着她的手在街上走，走着走着就走到了民政局，两人一声不吭地领了结婚证，民政局的工作人员习惯要喜糖，他们也没准备，只是尴尬地笑。

到了澳门，投靠的兄弟没来接他们，他觉得无所谓，便带着她四处逛逛，算是度蜜月，可澳门太小，一天就逛完了，隔天他就又要进赌场，她知道拦不住，就扣下了一笔钱，不多不少，刚好是她前些年攒的结婚钱，她想着就算他再输个精光，两人也不至于去乞讨。

她是有先见之明的，他们两个是不会一起乞讨的，他进了赌场后，人就消失了，无影无踪。她找遍澳门大大小小各家赌场，都没有他的身影，她就担心他被仇家砍死了，整天守在电视机前看新闻，却也没见到凶杀的报道。一天两天，一周两周，一个月两个月，她等不起了，证件早就到期，可她仍旧有个执念，一定要等下去。

于是，她想方设法留在了澳门，这其中的艰辛曲折自不必细说，世界上各种事都自有它能通融的管道，她只是找到了。

她用扣下的那笔钱，在赌场对面的巷子里盘了个店面，开起了水饺店。做水饺，这应该是她唯一学会的生存技巧。水饺店取名松花江，有种天南地北的辽阔感，实际是想招揽一些思乡的客人，还有就是这三个字里包含他俩的名字，他要是回来，看一眼就能知道她还在等他。

每晚水饺店关店时，对面的赌场正是热闹，绚烂的霓虹灯，营造出纸醉金迷的嘉年华色调，她会坐在门前的台阶上，点一根烟，太平洋的风湿润，烟燃得慢，她看着赌场的霓虹，想着没准下一个出来的人就是他。

美食评论家和前女友坐在从澳门回去的飞机上，飞机在云层上方，不颠簸，也没有行进的感觉。他看着外面的云海，不说话，昨天从水饺店出来后一直都没说话。她侧着头看他，本不想问，忍了一天都没问，但此刻，她看着他满是心思的脸，还是问了："你昨天见她怎么样？"

他像是被这话吓了一跳，哦了一声才缓过神来："没怎么样。"

"你们说了什么？"她还想多知道些。

"她说她还爱着我。"他说完冲空姐要了一杯酒。空姐端过来的时候，飞机却突然遇到气流，颠簸了一下，她急忙接过来，递给他。

"谢谢。"他说完，喝了一口酒，继续看云。

在云的下方，她坐在水饺店里，呆呆地看着天上的云飘过，想着一些乱七八糟的心事，或许想完这些心事，她就会悟出来，人生百味，最不想尝的就是后悔。

有客人进来，她起身招呼，桌上剩下一个喝过的空瓶子，包装上写着胡萝卜汁。桌子上还有一本被翻烂了边的书，《谁陪我尝人生百味》，前几年，她托朋友从内地带过来的。

朋友问这作者是谁？为什么这么费劲都要带过来？她说是一个老相识，不过好久没联络了。

她其实一直都记得他。

深夜自愈指南

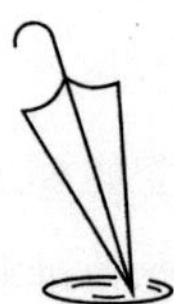

写给对真相失望的你：

/

纵然这虚拟世界处处戴着冰冷的假面

我也会向着内心中的真实靠近 再靠近一点

/

Ⓣ

— TEXT —

Tomorrow never came

▽

王一

< 1 >

暴雨过后，潮湿的城市又叠了几层浓重的油彩。

车窗上还挂着雨水，闪着密云里漏下的阳光，好像破晓前的星星。汽车向着勒林海岸的方向飞驰，高速公路两旁的树影投在艾力克的脸上。他坐在副驾上，一面开心，嘴里却还在一面向我抱怨："你为啥不把切斯也带出来？它肯定被刚才的雷声吓坏了！"

切斯是我们养的狗，精力旺盛，偏偏胆子比针尖还小，家里进了陌生人立马就躲到床底下去。我笑了一笑，拍了拍艾力克的头发："它倒是想去沙滩，搞得一身沙子谁给它洗嘛。你可别说你来，上次你带它一起洗澡，脏水都漫到客厅地毯上了，我现在都还不知道怎么办呢！”

“别这么拍我的头，跟拍切斯似的！”艾力克撇撇嘴，打了个哈欠，“今天起太早了，我先睡一会儿。”

我打开车窗，点了根烟：“你还跟切斯比呢，它可比你强多了，才没有吃完就睡的臭毛病。”

艾力克耸耸肩，声音软软的：“但至少你不用担心给我洗沙子呀。到沙滩了再叫我。”

说完他就睡着了。睫毛一颤一颤的，像他梦见的蝴蝶翅膀。

这时宽阔的公路上只有我们这一辆车。一片静谧，车轮溅起积水的声响便显得异常清晰。我又开了一段，一直开到前方公园大门。

刷完门禁卡，大门打开，我又往前开出去十来米。

我把车停下，轻声叫艾力克的名字，拍拍他的肩膀，又扒开他的眼皮，见他的瞳孔已经散开，这才下车，对着身后空无一人的公路挥手。

下一秒一群身着浅灰色制服的人涌了出来，亚历山大走在最前面。他示意其他人把艾力克从车里搬下来，径自向我走过来：“辛苦你了！”

我把烟抽完最后一口，丢到地上踩灭，从包里取出一枚指甲大小的芯片：“有什么辛苦的呀！观察记录我存在里面了。和之前几次比起来，这次成功很多了，又没有突然死机，也没有乱发脾气——上次你们突然冲进家门可把切斯吓得不轻——最后出来公园大门自动断电，也没出岔子。我觉得应该差不多了。啊，今天有空的话，要不要一起吃饭？”

亚历山大点点头，接过芯片，只说了一句：“酬劳过两天会打到你的账户。辛苦了，你先回家吧。”

我看着他们抬着艾力克走远。手浸在潮热的空气里，握了一握，好像还未从小男朋友的头发上移开。或许大雨仍未下完，它还要来。在这短暂停顿里，高温和湿气所能滋生的，除开病菌，还有莫名的幻觉。

我甩甩头，朝路边的车站走过去。

<2>

悬浮列车今天晚点了。我没有事情做，站在露天站台上，烟抽了一支又一支。尼古丁从肺里扩散开，烟雾从眼角浸入，顺着血流奔过器官，涌入四肢，指尖敏感到还能感受到残余的温柔。

我不再抵抗，任凭自己坠入过去这两个月的虚假欢愉里。

这一切从更早就已经开始了，但是我身涉其中，还是两个月以前的事情。

当时我们正在吃早饭。亚历山大突然和我提起，他们公司要开发一个新的主题乐园："目前的计划是复古主题，通过机器人来模拟自然生殖的人类家庭和社区。客户通过角色扮演，获得情感上的满足。"我应了一声，继续低头看光脑，上面仍然重复播放着广告。或许是看过太多次，再怎样机巧的广告都变得无聊，甚至比亚历山大一板一眼的口吻都要无聊，我宁愿和他说话："所以呢？需要我帮什么忙吗？"

他好似并不意外我会猜到他需要我帮忙，回答我道："嗯，你知道我们大多数都不是从自然家庭里成长起来的。所以对于自然家庭中亲人伴侣的相处模式并不了解，AI的行为模式需要从自然家庭里出来的测试员帮忙调试。"

"这样子哦。我没问题呀。回头你把我'父母'的参数都发给我一份就好了。"我从来不会预料错，亚历山大突然主动提起一个话题，最后总会公事公办。

"不是'父母'，是'情人'。回头我把你要调试的AI参数发给你一份。"

这个回答让我有一点意外："欸？'情人'吗？但是咱俩不是快要结婚了吗，你不介意？"

亚历山大露出困惑的神色："我为什么要介意？AI而已。哦对了，在他的初始设置里面，他的名字叫艾力克。你如果不喜欢的话可以自己改。"

"没什么不喜欢的啊，就叫艾力克吧。刚好这两个月我有假。"我面上若无其事，心里把那一点点失落又压回去。

其实也没有什么好失落的。毕竟即便是结婚，也只不过是为了节约生活成本。

大概都是我的问题，从小看着父母之间的相处，竟将感情错当成了维持家庭的纽带。

我是最后一批从自然结合的家庭里出来的小孩，虽然我其实并不是父母自然生育的——他们才是最后一代通过自然生殖繁衍出来的人类。

也是从他们那一代开始，人类便已经完全失去了生殖的能力——事实上我们也不再需要了。干细胞体外分化技术和胚胎体外培养技术已经高度发达，能够快捷方便地产生足够好的孩子。

我们需要做的，只是递交一张生育申请，就像在网上下一双鞋的订单。

这不仅免除了自然分娩的痛苦和高度污染下居高不下的婴儿死亡率，甚至还能自行挑拣基因更加优异的后代。

到了我们这一代，残次品都早早被销毁，能够出生长大的，都是这个生育市场上层层筛选出来的优质产品。而我们的小孩，只要父母付钱，教育和抚养都会由专门部门接管。

最后，最好的果实就能长出最好的树。他们会像亚历山大，长成聪明理智的人，冷淡克制，从不因为无足轻重的琐事烦忧失落。

如果非要说出什么缺点，大概就是我们每个人都是一样地面目模糊，一样地顽强自私，一样地关系单薄。

毕竟同谁相处都是一样，自然难分出亲疏爱憎。

或许这才不是什么缺点。我鼻子一阵酸楚，打了个喷嚏——我一定是在那个隔离污染的主题公园里待得太久，都已经不习惯外面泛着馊臭的冷空气了。如果我们不是这样顽强自私，而是和艾力克一样软弱温情，和他一样对虚拟社区外的真实世界抱有不切实际的期待，那我们将无以面对真实世界里真实的刁难薄待。

不得不承认，艾力克这样和煦多情的人，相处起来轻松愉快。可惜能长久维持下来的好，都不是真的。他那么好，但他仍旧不是真的。他只是一个机器人，一个到了公园外面，就会因为缺乏信号维持，直接断电的机器人。

好景都不长。而真实的世界就像列车，它会姗姗来迟，但它总是会来。

我把所有多余的烦忧情绪都抛开，留在身后，回到了充满广告和酸臭的现实里。

< 3 >

回到家里，昨天预定的餐食已经放在家门口。

窗外开始零零星星掉雨点了。

我拎着袋子，把外套挂在衣架上，把一层一层的隔离袋撕开，取出饭盒和筷子。食物还是热的，然而基本没有太多味道。饭粒被臼齿碾碎，细碎的渣滓在口腔里四处滚动，像生活一样琐碎刁钻地覆满唇齿。

我和亚历山大已经准备结婚以后递交生育申请。然而我们都还太年轻，亚历山大刚刚才得到升职，我在软件安全公司的职位也不高，还没有什么积蓄，无论是生育的钱，还是以后抚育必需的费用，都是极大的开销。日子过得紧巴巴的，连食物都只能买便宜的，甚难下口，也无甚营养。

吃过了饭，我端着餐具走进厨房。站在垃圾回收器前面，我小心地看了一眼示数。这两个月我不在家，垃圾回收额度尚充足，可亚历山大的却没剩多少了——便宜的餐食总会产生更多的垃圾——但这也怪不了谁，毕竟回收器也要消耗更多的能量去消化这些不甚美味的残渣。我顺手扔掉垃圾，给亚历山大传了条信息："你的垃圾处理额度不多了。"

想了想，又加了一条："但我的还有很多，你可以用我的。"

过了半晌，他回复我道："多谢。我会尽量少用点，不够的话我下个月的你可以用。"

这时我正脱了衣服准备洗澡，一时间没有回过神，下意识地要调侃他怎么突然这么见外，是不是又出什么岔子了。

还好信息还未发出，我就已经反应过来，我不是在和艾力克说话。

不得不承认，这两个月的调试体验对我的影响，比我想象的还要大。我好像已经习惯了有一个性情柔顺的小男朋友，家里养一条杂种狗，早晨醒来有阳光铺满床单，人生最大的难题大概是中午吃什么。

在艾力克的参数里面，我们这对小情侣也是没有什么钱的，吃完上顿也要为下顿奔波。若说有什么好，大概也就是艾力克厨艺超群，拿我们能负担得起的食材，做什么菜式都还是有模有样，至少不用忍受外面食之无味却又避无可避的便宜食品。

因此，我们晚饭总是吃得非常愉快。

即使我正冲艾力克抱怨剩的钱又撑不到月底了，心里却也并无多少怨怼。

“啊？”他愣了一愣，“我们这个月有花那么多吗？”

“当然有啊！”我念叨道，余光关注着他的反应，暗自记录着数据，“你看，你买了个帆板，花了那么多钱！明明下个月才去海边的，而且就算真的要玩，也可以过去了再租啊！你这都第几次了，我再懒得跟你计较，也会不开心啊！”

艾力克闷闷地应了一声，缩头耷脑地继续往嘴里扒饭，再不说话了。

“受到责难时，能够表现出沮丧和自责，但并无过激反应，也无预设之外的举动。”当天晚上，我在观测记录里这么写道。

< 4 >

然而第二天，艾力克就不见了。我一直到晚饭时间都没有找到他，虽然明明知道他不会也不可能跑出多远，更知道只要问亚历山大就能得到精确定位，但我还是莫名其妙着急。

好不容易等到他回来，眼周却带着淤青。我都忘记了他只是个机器人，下意识冲他发火：“你跑哪儿去了啊！也不知道跟人说一声！还有你的脸是怎么回事！能耐了是吧？还跑去跟人打架了？！”

他皱了皱眉，却还是很克制：“你就别管这么多了嘛！搞得跟我妈似的。”

我冷笑一声：“就算跟你妈似的我也得问，你这怎么回事？！你知不知道我有多担心？！”

“都说了让你别管这么多！”艾力克听我这么责备，也冲我嚷嚷起来，“我又不是小孩，你有什么好担心啊？！有病吧你！”

切斯被他一吓，跟着嗷嗷叫唤起来。

我一时气结，手里紧紧捏着手机，喉咙里堵了一大通话，却没有一句说得出口，脸被憋得滚烫。

艾力克不吭声，兀自倒在床上，拿被子蒙着头，过了一会儿，又探头出来，细声细气地说："我想去把帆板退了，那个老板不同意，吵起来了，还动了手。最后也没退成，我这才不打算告诉你的。"

我刚把手机放下，正放着空，突然听他说话，没反应过来他在跟我解释，呆头呆脑地应道："啊？哦……"

他凑过来，脸在我肩膀上蹭了蹭，从眼角里觑着我的脸色，说："不要生气了嘛。我也是怕你不开心，我也想对你好一点的。毕竟……"

我还没听他说出毕竟什么，他就突然倒在了地上。

几乎同时，亚历山大带着人开了门，直奔艾力克过来。切斯被吓得立马躲到了床底，好一会儿才敢探头出来观望。亚历山大蹙着眉头，走到我跟前，道："收到你的消息我们就切断了他的控制信号，怎么回事？"

我这时已经回过神了："也没啥。我试着对他发了通火，他冲我吼回来了。我就按照规定给你们发了消息。"

"知道了。我们会再修改一下程序。"

"其实也不是啥大不了的事，自然家庭里伴侣之间也会有口角来着。"我补充道，"你们要是改了反而就不真实了。"

"但是没有客户会愿意专门来吵架啊。客人不是为了这些不愉快的真实花钱的。"亚历山大打开电脑，输入指令，打开控制平台，调出房间里的录像，转头困惑地看了我一眼，不等我回话，又追问道，"你刚才太激动了，不会是真被带进去了吧？那你的观测数据，我们就需要重新考量可信度了。"

"我其实就是怕他自个儿跑出公园，直接躺路上了，身边没人回收，会不会被竞争对手捡走，泄露公司数据什么的……"我暗自惊诧，顾不上再纠缠争吵的事情，一边信口开河，一边转移话题，"而且我的表现夸张一点，更能测试出 AI 面对极端情绪的应对……啊对了，他脸上那个淤青是怎么模拟的啊？还挺像真的。”

第二天早上艾力克又回来。他的芯片里被植入了昨晚在朋友家看球过夜的回忆，头天晚上的争吵就像露水一样了无痕迹。

至于那个“毕竟……”，后文便从此无处可寻了。

< 5 >

一道惊雷轰然炸响，我被吓了一跳，这才发现面前的烟灰缸竟已经满了。屋子里盘旋着烟雾，好似孤独，又好似眷恋。我将窗户打开，狂风席卷入室，将房间角落里盘踞的情绪荡涤一空。

我蓦然受凉，头脑好似也清明了一些。大概就如亚历山大所担心的，过去两个月，我受的影响太大，也可能我只是想起了曾经同父母一起的生活。然而不管怎样，这都已经过去了，艾力克的回忆已经重置。对于他，我已经同这烟雾一起被消抹干净，而对于我，他也只剩下记录里毫无温度的描述与数据。

但是曾经的担忧和欢喜都是真的。

我又往窗外张望过去，那里夜色浓稠，骤雨如注。

我给亚历山大发了条讯息：“带伞了吗？要不然我开车去接你？”

没有等到回音，我却还是自作主张下楼去了车库。

或许我和艾力克之间已经不再有任何关联。然而正如他想要对我好一点，我偶尔也能试着去对别人好一点，试着自己把那个未完的句子补全。

一路上积水甚深，并不好开。我好不容易开到公园，刷了亚力山大的备用门禁卡进去，路边也停了辆车。我停下车，探头望过去，里面坐了一个穿着垃圾回收处的制服的男人。

我问他：“需要帮忙吗？”

他打量了我一番，微微昂着头，表情无可无不可，回答道：“车子抛锚了，如果您方便的话，载我一程？我可以给您报酬。”

他上了车，一路上没什么话。尴尬沿着雨水从我眼前不停滑落下去。我清了清嗓子，问："都这么晚了，垃圾回收处还要验收啊？辛苦了。"

"您知道垃圾回收处？"男人好像有些意外似的，"我还以为您是公园里的……'人'呢。"

"我是真的人啦，过来接我……未婚夫的。"我哽了一下，才第一次说出"未婚夫"三个字，继续试探道，"他在这里工作。看您的标志，也不像是电子垃圾处理监督办的呀，还是说电子垃圾处理监督办和生物垃圾处理监督办合并了？"

"没有合并啊。我就是监督生物垃圾处理的，不然也……"男人说到一半，皱了皱眉，话头戛然而止，我再说什么也不回答了。

我只好从后视镜里观察他的表情。

他没有看我，掉头看着窗外，抿着嘴，手指不停敲击着坐垫。

车行至中途，男人说到了，下车进了一栋筒子楼。我将车开出去绕了一会儿，又倒回来，试着刷了一下亚历山大的备用门禁卡。

大门应声而开。

幻觉之下，真实敞开了巨口，择人而噬。

但我别无选择，我不能就这样停驻在虚幻之处，无论如何，我必须要进去。

<6>

窗外的雨毫无停止的势头，越下越大。

亚历山大坐在桌边，低头看着屏幕，正敲敲打打。

我进入他办公室的时候，他正皱着眉头处理数据，看到我也只是点了点头。

我在对面坐下，把话在心里翻来覆去，想了又想，还是抱了一点侥幸，试探道："我过来的路上遇到一男的，车子抛锚了，我载了他一段。"

亚历山大依旧聚精会神，心不在焉地应了我一声。

我咳嗽了一声，继续说："他说他是生物垃圾处理监督办的。我心里就有点奇怪嘛，这大半夜的，生物垃圾处理监督办的跑来干吗啊，别是小偷吧。所以他下车以后，我就跟着进楼了。"

亚历山大先是答应了一声，顿了一顿，抬起头来："你看到了？"

我好似被窗外的大雨兜头盖脸淋过，湿冷寒意渗到声音："所以你一直都知道？"

其实我的问题都是多余的。他当然知道。只是这两个月的虚假温存把我的脑子都锈死了，心脏也软得一塌糊涂，甚至会产生"他也只是被人蒙蔽"的奢望。

亚历山大大概也没想到我会问出这种问题，笑了起来，继续问道："你什么时候开始怀疑的？"

"大概是那次艾力克和人打架，脸上出了淤青。就像你说的，没有人会花钱来买吵架，更不会有人花钱专门来和AI打架，那在架构身体的时候，这么仿真根本就是多余的。"我冷下心肠，竟也能针锋相对，"那就只剩这一个解释了——"

——这个公园里所谓的AI，包括艾力克——我的艾力克——都不是什么机器人，都是克隆人。

加速量产的克隆人，大脑皮层早早被取出，被抛弃，取而代之的是写好了既定行为模式的芯片。而每一次调试，每一次修改数据，都不存在所谓的AI断电。事实上是离开了公园信号的覆盖范围，信号突然中断，芯片向小脑脑干发出脉冲电流。

躯壳毙命，而待修改的芯片，则被事后取出，覆盖数据，再植入新的躯壳里。

于是又是一个崭新的人。

而我偷偷潜入那栋筒子楼，看到的正是艾力克——我的艾力克——和其他很多的身体，颅骨大开，鲜血淋漓，堆叠在一起，被送入回收器的一幕。

回收器在这虚伪的公园里，几乎是丑陋现实的缩影。在那里，这些柔软的不完满的身体，都被磨碎、被消化、被筛选。筛选出的可以继续培育的细胞，被运送回培育室，飞快地长成全新的、毫无二致的身体。

而这旧的躯壳里曾经包含的快活和愿景，也都随之轻易消散，从来没有人在意过，于是就好似不曾存在过，于是就尽为虚幻，皆是泡影。

"嗯，既然你都知道了……"亚历山大想了想，好像也想不出别的话好说了，

“那就知道了吧。你等我一下，我很快就完事了，然后咱们就回家。”

他已经展现出了宽宏，没有要向公司上报我的逾矩的意思，我理应也心照不宣，于是这些糟烂零碎的小事也就翻过去了。但我大概真的也变得愚蠢了，还是不依不饶：“为什么？”

亚历山大没有理会我，但我也并不真的需要他回应：“因为税收吧？电子垃圾的可重复利用率太低了，被磨损了就是被磨损了，处理税也更高。而用克隆人的话，除了直接回收利用的细胞，其他部分也可以加工处理，用作他途，处理税也低很多。还有……”

“还有拟真的优势。”亚历山大揉了揉眉心，不胜其扰的样子，顺着我的话说道，“保留了小脑和脑干的克隆人有最真实的生物本能，吃、睡、生物钟，更能让客人像对待真人一样地对待他们，体验感情——客人才会再回来。”

“好的。你猜对了，很厉害。让我把最后这点东西弄完，咱们就走。”他最后说道。

我都猜对了，而且不需要为之付出任何代价。我原本应该高兴才是。但是我看着我的未婚夫，失望和疲惫却朝我奔袭而来。我避无可避，只得全盘接受。

他们会这么做，肯定已经拿到了许可证书，我再说什么都是多余的。

我对于我的小男朋友，还有和他一样的人，心里那点同情和愤怒，全都只会换来理性人的哂笑讥嘲——竟会有人真的把芯片当成人来投入感情！

键盘嘀嗒作响，雨声连绵不绝，同沉默相比却相形见绌。它无形无迹，却震耳欲聋。

那就这样吧。

< 7 >

当警报响起时，亚历山大还未完成他的工作。他皱着眉望向我：“你做了什么？！”

我摊开双手，做出一脸无辜：“我一直在这儿待着呢，我能做什么？”

亚历山大眯起眼睛，盯了我一眼：“别做这种表情，跟无赖似的。你果然对你的观测对象投入过度了，我会提议重新审核你的监测报告。”

我想起小时候犯了错对着父母要无赖的样子，直接冲他做了个鬼脸，原本不是该笑的时候，却还是忍不住笑起来：“与其找我麻烦，你不如去看看到底出什么事了。”

他终于表现出一点正常人该有的恼怒，瞪了我一眼，转身冲出门去。我坐了一会儿，确定他已经离开了，赶紧冲下楼上车，往我和艾力克的家开过去。

到了门口，艾力克果然正牵着切斯，一脸困惑地站在那里，赤身裸体，没有钥匙开门。看我向他冲过来，先是一惊，还没来得及问我是谁，就已经被我抢过切斯的牵引绳往楼下跑。我牵着狗，回头看到艾力克还是想喊又不敢喊地站在原地，又气又急，对他大喊：“愣着干吗！再不走来不及了！”

他犹豫了一会儿，芯片优化出的驯服性格还是占了上风，跟着我一路跑上了车。我给他扔了一块毯子，让他擦擦头发，然后就直接开了出去。

汽车像梦一样，飞快地滑过现实里的风雨。

艾力克擦着头发，终于找到机会问我：“这到底怎么回事？我醒的时候居然和邻居们在一个房间，大家都……光着身子，还都泡在不知道什么东西里面。我刚到家门口，就发现切斯也在那儿……还有……你是谁啊？”

我当然知道怎么回事。我从筒子楼出来，就回到艾力克家，用电脑破解了公司的控制系统——我从未如此感激在信息安全公司的工作经验。进入了控制平台，什么事情都顺利多了。和亚历山大说话的时候，信号中心就按照我的设置，按时向所有克隆人的芯片发出了激活的信号。

按照艾力克的性格设定，在这一片混乱中，他肯定会窘迫又害怕，肯定会趁着其他人同公司冲突的时候径自跑回家去。

他也并没有其他地方可以去。

我依旧对他了若指掌，然而随着我的数据从芯片上抹去，他还是不记得我了。

我感到莫大的失落和无力，甚至没有力气解释清楚过去和现在发生的一切。

而就算我做了解释，又能怎么样呢，不过是徒增他的恐慌和烦恼罢了。

我不愿让他从幻觉里醒来，幻灭实在不是什么值得分享的愉悦。不如就让我的小小少年继续做没有愁闷的美梦。

于是我一面加速，一面扯谎："啊……我是刚刚搬过来的，住在楼下。突然有暴动，我正好撞见你，就顺带捎上你了……哎呀，反正你跟我走就是了！我总不会害你的！"

这个谎话漏洞百出，也压根无法解释他离奇的经历。但事出紧急，我也想不出更好的借口，干脆直接命令他安静。

艾力克果然顺从地安静下来，过了一会儿，他又问："那我们这是去哪儿啊？"

看了一眼我放在后座的帆板，他又问道："难道是去海边？这种天气？"

"对，去海边。"车子离公园大门近了，我一面掏出门禁卡，一面说，"别睡！你不是一直想去海边的吗？"

但是艾力克在我说话的时候已经睡着了。

他带着满腹的疑问和不安，却还是因为信号的衰弱，直接沉进梦里去，直接沉进死亡里去。

< 8 >

天空好像怨妇一样哭个不停，车子开到了极限速度，甚至好像有些可疑的响动。

但这一切，我都顾不上了，甚至连心里的难过都顾不上。我的小男朋友就坐在我身边，他这几度轮回，生死之间，反反复复，从来没有机会真正接触到外面的世界。我曾同他约定好了要去海边，那不管是什么原因，我都不能再对他食言。

我发了狠，终于开到了沿海公路。我把车停下，架着艾力克往沙滩上走。

凌晨的海水漆黑，在暴雨中涌动、挣扎，拍在海滩上，碎裂成沙砾间一星半点的爱意痴缠。切斯一直跟在我旁边，我们顶着大雨和腥臭的碎浪，跌跌撞撞往前走。

时光好似倒转，我好像又回到小时候。那时父母的病症已经药石无救，自然分娩的身体太脆弱，有太多缺陷，无法应对越发肮脏恶劣的世界。也是在类似的凌晨，他们开车带我来到海边，看着破晓前最稠密的黑暗里同样狂躁的海水，依偎着回忆曾经温柔碧蓝的汪洋。

我那时坐在边上，听得一知半解。我从未见过那样的海，便也无从想象那是什么样子。

或许我还是不曾懂得爱，也不曾真正了解过父母之间不曾被死别剥夺的温厚情意。但我下意识地还是会想要知道那究竟是什么，所以设置艾力克的参数时，我才会提议将愿景设置成“去海边”这样看似轻而易举的小事。

我终于知道了那大概是什么。现在，我和我的小男朋友一起，迎面扑来阴冷的风，却好像也看到碧海蓝天。

切斯回头吠叫起来，远处赶来的汽车远光灯从身后狠狠击在我们背上。

但我不想回头，我只愿回想。那时我们开车从海边回家，母亲已经支撑不住，沉沉睡去，父亲开着车，一切好像都如常，一切好像还会好，音响里播放着一首老歌——

I waited for you.In the spot you said to wait.In the city, on a park bench.In the middle of the pouring rain.You said to meet me up there tomorrow.But tomorrow never came. Tomorrow never came.

然而明天从不曾来，也没有变好。

既然明天不会来，那我便不要明天，更不要昨天。

我不要向前看，也不要回头望。只要此刻，只在此刻，让我停在海边，停在你的身边。

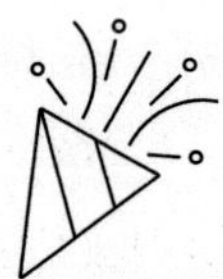

写给向往自由的你：

/

这世上并不存在被划定的边界

总有一种远方值得我们去和现在告别

/

— TEXT —

阿波那玛雅里的烟火

▽

张冉

“把果子吃掉。”爸爸停下脚步，说。透过孔雀豆树叶的缝隙，阿波看到喷吐着深红色云雾的皮纳图博被朝阳照亮，这是山神发怒以来他们第一次下山——也许是最后一次。

阿波·奎诺张开拳头，犹豫地瞧着掌心的四颗野橄榄。

“吃掉。”爸爸重复，不耐烦地摇晃身体。

阿波向四周发出享用美食的邀请，确认没有其他人存在，慢慢地吃掉果子。在下山的路上她找到一棵橄榄树，爸爸要她感谢山神阿波那玛雅里的赐予，许诺将种子播撒在别处，然后替她摘下十五颗绿橄榄。果子酸甜可口，但阿波吃不下全部，她想偷偷带回去给妈妈。

“把高地水果带到低地，你会变成瘸子，直至死去。”爸爸说，“每个阿埃塔人都知道，蠢货。”

阿波将橄榄种子埋进土壤，爸爸用弓拨开杂草走在前面，她快步赶上去。奎诺是住在皮纳图博山东面最高处的部落，距离最近的阿埃塔村子有两个小时路程，他们很少下山，除非去山下的萨庞巴图村用猴子皮跟低地人交换盐巴、箭头和布料。

“奎诺有八条河流的统治者阿波那玛雅里守护，不需要什么天主和西班牙人。”爸爸常说。这些年来很多阿埃塔村民改信天主教，神父帮他们盖起防雨的窝棚和砖瓦房，他们开始穿色彩鲜艳的化纤衣服，停止捕猎，将粗糙的木雕卖给游客换钱。这在奎诺部落眼里是种可悲的堕落。“阿波那玛雅里会生气的。他会派皮纳图博爷爷降下惩罚，给那些蠢货。”很多个晚上，在火把摇曳的光和充斥洞穴的蝙蝠粪味道里，爸爸一边整理弓弦，一边说，其他家庭的男人会随声附和。奎诺人的洞穴是他们引以为豪的财富，数百年来他们靠这个深不见底的洞穴躲避野兽、蚊虫和暴风雨，用爸爸的话说，他们借住在山神阿波那玛雅里的身体里面。

直到山神发怒的那天。

阿波记得那是月圆之后的第四个晚上，天气相当炎热，白天男人们猎到两条肥硕的碧塔塔瓦巨蜥，于是晚餐的炖菜变得非常丰盛。晚饭后，男人们聚集在一起高谈阔论，几只猎犬啃咬着巨蜥骨头，妈妈用火烤热石刀，继续阿波背上那幅未完成的文身。粗糙的刀锋划破皮肤，阿波咬紧嘴唇，上一次文身的伤口刚刚结痂，现在是加固图案的最好时机，如此重复三次，图画就会烙印在皮肤深处，一生不会消失。

“你叫阿波，这是向阿波那玛雅里借来的名字。”妈妈说，将刀上的血珠甩向火塘，“山神啊，请闻一闻我们贡献的烟，保佑我们不被暴雨淋湿，降福于我们潮湿的双脚。”

“谢谢山神大人和皮纳图博爷爷。”阿波向火焰低下头。

这时低沉的轰鸣从岩石深处传来，几只狗同时竖起耳朵，有人说：“是石头滚入溪谷了吗？水要是混浊，明天就没法捕鱼了。”

“我在老鹰岩下面的树林看到很多猴子，我们可以去捉猴子。”另一个人说。

一阵来自地心的咕哝声过后，头顶某个地方忽然炸裂开来，猎犬们哀嚎着蹿出洞穴，天空轰隆隆地翻滚，无数蝙蝠从洞穴深处飞来，遮蔽了火把的光。阿波随人们踉踉跄跄冲向外面，看到高耸入云的皮纳图博山笼罩着一团血红色的云彩，那云像内脏一样蠕动着，散发出刺鼻的味道，月亮扭曲了，天空变成不认识的模样。

人们向山神下跪，就算部落最老的男人也没见过这幅景象。妈妈将阿波搂在怀中，告诉她不要害怕，只是山神对低地人和改变信仰的阿埃塔人发怒而已，可阿波感到妈妈比自己颤抖得厉害。爸爸用额头触碰大地，不住称颂慷慨的阿波那玛雅里的名字，许诺用一个月的猴子肉、香蕉和米糠换取山神的怜悯，但高山以灼热的低鸣作为回应，用血色的云朵俯视着瑟瑟发抖的人群。

那天晚上没有人能安心入睡。当晨光照亮洞穴边缘的矮墙，人们探头出去张望，山峦没有改变，天空也恢复了原样，只有一圈红色烟雾环绕着皮纳图博，像祭祀用的绣球花环。

奎诺部落在惴惴不安中开始一天的劳作，人们很快察觉到异样：野兽们在黎明前逃离了这片山丘，猴子、野猪和孔雀都不见了，连洞穴深处居住的蝙蝠都消失无踪；溪水中的鱼也变得稀少，熟练的猎人们空手而归。那些前往采摘的女人却惊奇地发现许多果树在一夜之间开花结果，只消花半天时间就装满了所有的篮子。

这是山神的愤怒所致，还是某种恩赐？夜晚到来，男人们点燃从低地人那里换来的卷烟，敬畏地讨论着阿波那玛雅里的旨意，可没人能得出答案。妈妈不再给阿波文身，她害怕是这个举动激怒了山神。吃完稻米、猴子肉干和甜瓜的晚餐，阿波背对大人们躺下来，用鼻尖触着冰凉的岩石。她的铺位在洞穴内侧，旁边的岩缝通往更深的地方，那是蝙蝠们的居所，奎诺人从不探索那片禁地。阿波不喜欢参与大人的讨论，不喜欢爸爸说话的方式，也不喜欢妈妈带给她的疼痛，她喜欢对着岩石自言自语，假装能听到阿波那玛雅里的回应。

从会说话以来，她自言自语了十年，这个夜晚，神迹发生了。

“山神啊，山神啊，你为什么生气呢？”

她说，用耳朵贴紧岩石。

“……你是谁？”

一个声音从岩石深处传来，阿波从没听见过那样深邃、低沉而空洞的声音。她猛然坐了起来，望着篝火中忽明忽暗的大人们的脊背：“……妈妈，是你在说话吗？”

妈妈看她一眼：“我在缝衣服，没有人对你说话，睡吧，阿波。”

阿波手抚怦怦跳动的胸膛，躺下来靠近山岩。“我是阿波啊，阿埃塔人奎诺部落的阿波，今年十四岁的阿波。”她悄声说，“是山神大人在说话吗？”

“……你能听到我吗？”声音透过花岗岩、透过山峰、透过阿波那玛雅里的身体传来。

“能的能的，我能听到你。”阿波捂住嘴巴，“阿波一直一直对你说话，山神大人，你一直都能听到我吗？”

“……阿波。”声音似乎思考了一会儿，“……你在哪里？”

女孩回答：“我在皮纳图博爷爷东面的山腰，四条溪水交汇的地方，奎诺部落的洞穴里面。”

“……我不知道那里。”声音显得迷惑，“我在靠近边界的地方，这里变得很冷，又很轻，我不知道该去哪里。”

“山神大人在生气吗？”阿波问，“因为低地人在砍伐树木，还有信天主的阿埃塔人不再对你祈祷……”

“我不生气，我感到害怕。”

“山神大人也会害怕吗？你在怕什么？”

“害怕被丢下。”

“被谁丢下？”

“被同伴。我睡了很久，醒来之后，同伴们都不见了。只剩我一个。”

“他们去了哪里？如果去狩猎的话，一定会回去的。”

“可是……”

地面震颤起来，皮纳图博打了个饱嗝，洞穴里的奎诺人齐声发出惊呼，来自地心的声音消失了。

“山神大人？”阿波双手在石头上拢一个圆圈，向里面轻声喊着，“山神大人，你还在吗？你要走了吗？”

慌乱的脚步和叹息声中，爸爸的一双大脚出现在阿波眼前。“你在做什么？”男人的声音叫嚷着，“不要打扰阿波那玛雅里，去睡觉！不乖的话，明天会被山上的石头砸中脑袋。”

阿波蜷起身子假装睡着。“山神大人？”她向沉默的岩石不断呼喊，直至黎明到来。

几天后，爸爸决定下山一趟，目的除了为部落补充盐巴和卷烟之外，顺便去低地人那里打听皮纳图博的消息。阿波抱着爸爸的腿央求同行，她非常喜欢低地人的玩意儿，那些叫电视、汽车和可口可乐的东西实在棒极了。爸爸并不情愿，因为阿波的第一个哥哥在一次下山途中被眼镜王蛇袭击，没等送到镇子就死去了；第二个哥哥见识到山下的世界，再也不愿回来，被方德维拉修女收养定居在文明世界。“下山”对奎诺人来说，是个诅咒。

最终爸爸妥协了，因为他已经四十二岁，几乎是部落里年纪最大的男人，而阿波是他现在唯一的孩子。

他们花六个小时下山，在正午之前到达萨庞巴图村。看到那些红砖小屋和屋顶的卫星天线，爸爸深深地皱起眉头，他放下弓箭和长矛，整理好身上的披布，戴上护身符和耳饰。“我去修女那里打听消息，然后卖了这些猴子皮，你不要走远。”他说，“不要吃奇怪的东西，即使他们按照阿埃塔人的习惯招呼别人分享。记住了吗？”

“记住了。”阿波用力点头，她知道爸爸会先去看望那个被逐出家族的儿子。

他们踩着泥巴走进镇子，穿着花哨T恤的阿埃塔人在路边打招呼，爸爸昂着头并不理睬。几名游客举起相机，他用冷酷的眼神和口水加以警告：“呸！别靠近我！”

“Mira aquí（看这里）！”游客们大笑起来，挥舞手臂。

他们来到一间插着十字架的红砖屋子。“方德维拉修女！”爸爸站在门外喊，“奎诺人从皮纳图博爷爷那里来了。”

修女出现在门口，她是阿波见过最白的人，白得像满月时的月光。“我知道你来干什么。”五十岁的修女说，“来喝杯茶，我告诉你发生了什么。你好吗阿波？你的哥哥很好，他昨天坐车去伊巴市了，萨庞巴图村一半的人已经离开。”

“她没有哥哥。”爸爸板着脸，“我不喝茶。”

修女说：“有几个阿埃塔部落也向低地转移了，你们也必须走。一周前，皮纳图博山开始出现红色烟雾，我向马尼拉政府报告了这件事，火山学家普诺巴耶博士带着调查小组登上山顶，一天之内测到两百多次震动。听着，火山要爆发了，而且很快。政府的传令员正在去往通知每一个阿埃塔部落的路上。”

爸爸的眉毛抖动一下：“皮纳图博爷爷不是火山。”

“它是座火山。”

“它从来没有爆发过。”

“五百年之内没有过，但不代表未来不会。”

爸爸大声说：“阿波那玛雅里对两万阿埃塔人是仁慈的！”

“神爱世人。灾难会到来，但神会向依靠他的人发出应许，擦去他们一切的眼泪，不再有死亡，也不再有悲哀、哭号、疼痛。”修女回答，“我们应该勇敢面对苦难。”

“你的神，不是我的神。我们走！”爸爸向修女的长袍上吐了一口唾沫，怒气冲冲地离开教堂。他们离开村子踏上归程，阿波没能见到汽车、电视，更没能喝到可口可乐，她不敢开口同爸爸说话，她从没见过爸爸如此生气的模样。

直至再次见到那棵野橄榄树，爸爸才停下脚步，让气喘吁吁的阿波慢慢赶上来。“不许对任何人说起修女的话。”男人把猴子皮丢进树丛，对女儿严厉地说，“否则阿波那玛雅里会生气，明白吗？”

阿波噙着眼泪点头，其实她根本没搞懂发生了什么。

第二天下起了雨，一个身穿土黄色衣服的人来到洞穴门前，声称自己是马尼拉政府的传令员，爸爸带着几个男人用长矛赶走了他，说他的证件是伪造的，脖子上还戴着十字架，根本是天主教派来蛊惑人心的间谍。这一天，猎人没有取得任何收获，洞穴里储藏的稻米不多了，女人们忧心忡忡地摘回水果，这些奇怪的果子长得又甜又大，但纷纷在枝头腐烂，就像几天之内过完了整个雨季。

晚上，外面漆黑一片，雨点击打着香蕉树叶，大人们沉默地坐在火塘前抽烟。阿波再次对岩石说：“山神大人，山神大人，你在吗？”

久违的答复出现了：“你是谁？”

“我是奎诺的阿波啊。”女孩惊喜地捂住嘴巴，“你去哪里了？你还好吗？”

“我在向更冷更轻的地方前进。”声音说，“我分不清方向，可有一股力量推着我向那里去，我想伙伴们是用同样的方式离开的。”

“我听说，你要用‘火山’来降下惩罚，是这样吗山神大人？”阿波忍不住问，“我们会死吗？其他阿埃塔人呢？那些低地人呢？”

声音停了一会儿。“我不懂。”它略显迷茫地回答，“我一直生活在这里，一个方向很热、很重，越靠近，四周就变得越黏稠，甚至坚硬；而另一个方向很冷，很轻，若深入，会感觉失去束缚。有一层边界在冷的方向，我从未跃过那道边界，可伙伴们都消失了，我想他们去了边界另一边。”

“就像山下的世界一样，你要去的，是马尼拉吗？”阿波说，“我听说那里什么都有。”

“我不知道，我很孤独，也很害怕。”

“不要怕。”阿波张开手掌，用掌心温暖着岩石，“我和山神大人在一起。”

“就要到达边界了。我的方向是正确的吗？”

“爸爸说，阿波那玛雅里永远是正确的。”

地震开始了，洞穴顶部的蝙蝠粪如雨落下，地面裂开，喷出混浊的泉水，奎诺人惊恐地抱起陶罐、藤篮和肉条离开洞穴，在夜色中瑟瑟发抖，爸爸用身体护着火种，在雨水中哭泣起来：“八条河流的统治者，至高的阿波那玛雅里，你要抛弃我们了吗？你不再享用我们献上的烟火、水果和米糠了吗？你不再保佑我们的双脚不被雨水沾湿了吗？”

雨水浸湿了阿波的披布，背上的伤口疼痛起来，她跪在泥浆中尝试与山神沟通，可山摇地动，世界喧闹而寒冷，再也听不到一声答复。

朝阳终于再一次升起，地震停止了，疲惫的奎诺人惊讶地发现皮纳图博山恢复了平静，血红色的云雾消失了，可以清楚看到山顶反光的黑灰色岩石。爸爸吹亮奄奄一息的火种，点燃浸油的火把，向天空举起双臂。“阿波那玛雅里息怒了！”他用尽全身力气叫嚷，“山神原谅我们了！皮纳图博爷爷不会再喷火了！”

“阿波那玛雅里！”人们向皮纳图博跪拜，向山神跪拜，将仅剩的稻米和肉干撒向火焰，他们相信烟雾会将献祭送到神灵面前，因为火焰是沟通两个世界的通道。

狂欢过后，奎诺人整理洞穴，躺在柔软的稻草中香甜睡去。阿波倒在妈妈怀里睡着了，不知过了多久，一阵急促的语声将她吵醒，她坐起身来揉揉眼睛，发现天色已接近黄昏，多数奎诺人都没醒来，几个人站在洞穴外争吵，其中有那个穿黄色衣服的政府传令员，还有个穿着猎装的白人老头。

阿波慢慢走向外面，听到爸爸说：“就算你是修女所说的什么博士，也不代表你所说的全都正确！”

男性白人用更大的音量回复：“我是火山学家普诺巴耶博士，我再重复一遍，你们必须马上下山转移到安全地带，来自华盛顿的科学家已经到达马尼拉，他们认为皮纳图博火山喷发的规模不亚于1883年喀拉喀托火山爆发，那是历史上最具毁灭性的灾难之一，你们会死的！全部！”

“蠢货！你看！”爸爸冷笑，“皮纳图博爷爷已经不生气了！”

博士手指山峰：“这种异常的寂静代表火山能量无法顺利释放，正在聚集起来，酝酿一场巨大的爆发，你闻到的这种臭味就是岩浆中二氧化硫的味道，这说明岩浆已经升上地表，随时可能喷发出来！”

“不要用你的脏手指着皮纳图博爷爷！”几名奎诺人同时大喊，爸爸挥动长矛击中博士的手背，老人惊呼一声后退几步。黄衣的传令员从怀里掏出手枪。“他们要攻击我们！”爸爸立刻发出战斗的呼号，许多刚刚醒来的猎人冲了出来，弯弓搭箭，淬毒的箭头在夕阳里闪闪发亮。

博士捂着左手摇头：“没有时间了，还有两个阿埃塔部落等待拯救，放下枪，我们走，让直升机在萨庞巴图村待命，一旦华盛顿发出信号，就立刻撤离！”

黄衣人忍住愤怒收起左轮手枪，一名奎诺猎人松开弓弦，利箭贴着传令员的裤腿刺入地面，博士和传令员跌跌撞撞地跑下山坡。“噢！”奎诺人哄然大笑起来，发出胜利的呼叫，“信天主的白皮猪滚回马尼拉去！滚！”

阿波小声说：“我听到山神大人的声音，他说要到边界那边去……”

没有人在意女孩说的话。爸爸在人群中央扬扬得意地嚷着：“那个白人说地球是个球，里面是地核，外面是地皮，核又热又重，皮又软又轻，岩浆从底下往上走，喷出来变成火山，你们听，他连山神都不知道！他又哪里知道阿波那玛雅里用手托着一万座山峰，保持着整个世界的平衡……”

男人和女人附和着他，大声嘲笑无知的天主教徒。阿波独自回到洞穴，倒在岩壁前，抚摸岩石，觉得石头不再冰冷，而是带着某种奇异的体温。

夜晚降临，又下起雨来，人们沉沉睡去，山神的声音终于出现。

“我到边界另一侧了。这里……很奇异。但这里还是同一个世界，我要走得更远。”

阿波脸颊紧贴石壁：“你找到伙伴了吗？”

“没有，他们已经离开了。离开这个世界，到另外一个世界。”

“那你要怎么办？”

“我也要去那里。我们一直在睡眠，然后一个接一个醒来，我睡得太久，所以忘了回家的路。现在，我想我明白了。”

“去另一个世界……你害怕吗？”

“怕得不得了，因为路上要花去很久的时间，我会长久地孤独下去。我怕再次醒来的时候，还是孤单一人。”

“你可以跟我说话。”

“如果……可以的话。”

“当然可以。”

他们聊了很久。

他们没有任何相同之处，却心灵相通。夜越来越深，岩石却越来越灼热，睡着的奎诺人在梦里与山神共舞，阿波却知道某个时刻即将到来。

“你是谁？我应该记住你的名字。”

“我是来自奎诺的十四岁的阿波，总有一天要到马尼拉去看看。你呢？”

“我没有可以用语言诉说的名字。”

“不，你叫阿波那玛雅里，山神大人。”

“……我是来自地心古老的阿波那玛雅里，现在要去宇宙看一看。”

“地心是哪里，宇宙又是什么？”

“地心是你我生活世界的中心，宇宙是另一个天地，我伙伴们去往的地方，我的家在那里。”

“你听见皮纳图博爷爷叹气了吗？”

“那是为迎接我的到来。”

“你会带来灾难吗？”

“我不懂什么是灾难，如果那让你伤心，对不起。”

“什么是伤心？”

“伤心就是……永远无法再见。”

“那我会伤心的。”

“那么对不起。”

“阿埃塔人不说对不起，因为我们是一个整体。不分彼此。”

“那么，不要死，阿波。躲起来，看着我。”

“再见，山神大人。”

“再见，阿波。”

岩石已经烫得无法触摸，山神的声音消失了，阿波摇醒爸爸和妈妈，要他们躲起来，可大人们所能做的只是望着洞穴外通红的天空惊恐地祈祷。

阿波钻进洞穴尽头的缝隙，踏着软软的蝙蝠粪向深处走去，炎热的黑暗包围了她，她不知走了多久、走向什么方向，忽然整个世界开始摇晃，无比巨大的响声从四面八方传来，阿波被包裹在蝙蝠粪中，如乘船般上下颠簸，每次呼吸都像浸着滚烫的油。在这个时候她做了一个梦，梦见一个年轻又苍老的人牵着她的手，带她在皮纳图博爷爷头顶轻盈地跳着舞。

洞穴崩塌了，来自山洞深处灼热的气体将蝙蝠粪喷出，下一个瞬间，被雨水泡软的山坡化为泥石流将山洞完全掩埋。热雨洗去脸上的泥浆，阿波睁开眼睛，看到橙红色的夜空正在燃烧，皮纳图博爷爷改变了形状，山林消失无踪，亮红色的河流从山顶缓缓流淌而下，周围的一切都在燃烧。

“阿波那玛雅里……”她轻声呼喊。

火焰喷薄而出，在遮天蔽日的赤焰中，一道银线冲出火山口，如利箭般刺入苍穹，几秒钟后，尖锐的啸音泻地而来，阿波捂紧耳朵，就算仰痛了脖子，也再看不到那道转瞬即逝的银光。她知道那是阿波那玛雅里留下的痕迹，山神向伙伴们所在的地方出发了，再也不会回到这个世界。

滚滚浓烟升入高空，滚烫的雨水席卷灰尘落下，阿波扶着一棵树撑起身子，剧烈咳嗽起来。直升机的声音在远处嗡嗡作响，在这一瞬间，阿波忽然明白了伤心的感觉，为消失在文明社会的哥哥，为消失在洪流中的爸爸妈妈，为消失在星空中的朋友而感到伤心。

但她同时感到喜悦，因为她明白带来灾难的并非山神阿波那玛雅里的愤怒，而是另一种生命的涅槃。这个世界远比她想象中广阔，除了奎诺，除了萨庞巴图，除了马尼拉，除了这个叫作吕宋的小岛，还有更远的地方可以去，山的尽头、海的那边，有着梦境中都未曾出现的人和事。爸爸所划定的边界并不存在，或许有一天，她也可以到星星当中去看一看，去寻找阿波那玛雅里和他的伙伴。

她永远都不再孤独。

备注

一、这是“茧”世界观的一篇小说，“茧”是一种在地核中繁衍的铁基生命，会以茧的形态在地核和地幔中度过漫长岁月，遵循来自宇宙的指令苏醒，随着地幔热柱升上地壳，在火山喷发时飞入太空，前往基因中烙印的目的地。

二、故事写作基于以下真实背景：皮纳图博火山位于菲律宾吕宋岛，1991年6月15日的爆炸式大喷发是20世纪世界上最大的火山喷发之一。阿埃塔人是吕宋岛的土著居民，世代居住在皮纳图博山周围，火山爆发前方德维拉修女察觉到异样，通知普诺巴耶博士，后者告知政府疏散居民，使得灾难减轻到最低程度。

写给被谎言伤害了的你：

/

即使整个世界的虚假在眼前分崩离析

心里也要建起一座坚固的城池

去抵御所有的崩溃和委屈

/

— TEXT —

分离

▽

幽草

第一次和那个人说话时，我八岁，那是小学二年级暑假的一个午后，二舅一家走进客厅里时，我正懒洋洋地坐在那张铺着麻将凉席的旧沙发上，热得只穿一件背心和短裤，一边吹电风扇，一边看电视里的《新白娘子传奇》。许多个下午我们都这样度过，我和周天两个人坐在沙发上看电视，姥姥也看，她坐在另一把椅子上，就着个绿色的小塑料筐剥豆米。大人们总是不在这里，有时候他们出门上班了，直到太阳落下去时才一个接一个地回来；有时候，他们则一起待在那个朝北的房间里，吹着电风扇抽烟打麻将。那天本该也是这样一个下午，如果不是二舅和二舅妈，还有我那如花似玉的表妹突然出现在客厅里。我的爸爸妈妈、舅舅和尚未出嫁的小姨也都从小房间里出来了。大人们一下子占满了客厅，他们坐在吃饭的大圆桌旁，开始泡茶、抽烟、高谈阔论，并霸占了我的电视换台看甲A足球联赛。

我于是乖巧地坐在母亲脚旁，仰着脸假装听他们聊天，可大人们很快便对我不耐烦了。“去，和你妹妹玩去。”母亲赶我，我只好拉起妹妹的手走出客厅，走进没有阳光的阴暗的过道里。妹妹漂亮的圆眼睛在暗处望着我，问我们玩什么？我想叫上周天一起玩，可她不在这个房子里，她可能一个人跑出去了。“我们不和她玩。”妹妹开口说，接着她又改了主意，“我们假装和她一起玩吧？”她咯咯地笑着，语气像个颐指气使的小公主。我同意了。我们于是走出门，轻轻地穿过单元楼幽森阴凉的楼道，跳下两三层台阶，走出房檐。房檐外，夏天化身为一阵热浪和铺天盖地的蝉鸣紧紧地包裹住我的身体，阳光亮得使我一下子睁不开眼睛。

炎热的午后，院子里的路上没有一个人影。地面滚烫，我和妹妹边走边寻找周天的身影。我看见周天站在路尽头的拐角，一棵矮桂花树下，仰着头，正和一个民工说话。妹妹和我一起大声亲昵地喊着周天的名字，跑到她的身边——这本来是计划好的事，我却突然有点心慌，因为站在周天身旁的那个民工。我早就认得他了，那一刻却好像头一次见到他似的，害羞地抬起眼睛打量着他的脸。我的心怦怦直跳，心想，他要和我说话了。

“这是我家人。”周天抬头对他介绍我们，民工对我们友善地笑了。我听见他在问，你们多大了？叫什么名字？我想开口回答他，却发不出声音，只是烧红着脸抬头望着他——这是我第一次近距离地打量他的脸，尽管我早就认得他了。我一直想亲近他，和他说话，可当着妹妹和周天的面，我又不愿意自己的心思被发现。

妹妹没有理他，一个人傲慢地从他面前走过去，我和周天于是也不再理他，我们追上妹妹，三人一起走进后花园里。

“我们去摘花吧？”周天对妹妹建议道，她的笑容和声音里有种和我在一起

时从未有过的讨好，我想我对妹妹说话时一定也是这副样子。我们开始玩耍，可实际上这是妹妹和我两个人的游戏“假装和谁玩”，院子里的孩子都懂得这套游戏。两个孩子假装和第三个孩子玩，实际上却悄悄排挤他，我们一边和他说话，一边彼此挤眉弄眼，一旦他说点什么，就哧哧地忍着发笑。被捉弄的孩子一开始还不明白，渐渐地，他心里升上一种怪异的感觉，却说不出哪里不对。他心里越来越难过，想哭，我们都看出来了，却越发装出若无其事的模样。最后他终于明白，他被我们联合隔离、嘲弄了，可直到他哭着跑回家去，他也不能向谁说明白，我们究竟怎样欺负了他。

那个下午是以大人们在院子里喊我们的名字，把我们叫回家结束的。回家后妈妈问我们玩了什么，我没有告诉她。二舅和二舅妈没有留下来吃晚饭，他们站起来把妹妹搂到身边，说他们该回去了。

妹妹的偶然到来对我的暑假没什么影响，可周天却突然不理我了，我变得只有一个人。白天，我不想出门，母亲却赶我出去玩，她说老待在家里看电视会影响视力，我只好跑出去。在院子里，有时候会遇上大人。三楼的彭奶奶一见到我就说：“哟！还那么瘦啊！”接着就问我有没有好好吃饭，是不是肚子里长了寄生虫。她是儿科医生，说话口气严厉，我不爱碰见她，每次同她说完话我老觉得自己肚子里长了蛔虫。要是在后花园附近玩，有时候会碰上王叔叔，梳着中分的大油头，穿一件花衬衫，肩膀很宽。他是妈妈的同事，我也不喜欢他，每次他都故意叫错我的名字。“尹——鸡——”他叫我，声调抑扬顿挫。“尹”字低下去，顿一顿，“鸡”字叫得响亮。即使是我也懂得，“鸡”不是什么好字眼，我明知道他是故意的，却只能涨红了脸小声嗫嚅，我叫“尹静”不叫“尹鸡”，随后他又会更加大声地叫我的名字，仿佛要让全院子里的人都听见似的。

“尹——鸡——，你有没有长‘小鸡鸡’啊？”

尽管我从内到外完全是个孩子，头发被剪得很短，穿着短裤和短袖上衣，一眼看不出男女，可我有着小女孩的敏感与羞怯。我拿眼瞥周围，确认民工不在这附近，我害怕被他听见，那样好像让我承受了什么污名。

院子里的大人们还拿别的话逗我，他们有时候说："尹静，你不是你妈亲生的！"我不信，哭着说你们骗人，他们就哈哈大笑。如果周天在我身旁，他们就笑得更厉害。

"好好，你不是捡来的，那她就是捡来的。"

连院子里的小孩都知道"周天是捡来的"这个流言。他们不会和我说这句话，因为我怯懦怕生，却经常对周天这么说。周天也会和我一样涨红脸。"我不是捡来的！我是我妈生的！"谁对她说她就拿这句话反击回去。我也跟着她一块说："她不是捡来的，是我姥姥生的！"

我实在不明白人们为什么要开这种无聊的玩笑。对于妹妹是妹妹，而周天却不是我的"姐姐"这件事，我也没有去想过。我只知道，打我记事时她就和我生活在一起了，她不可能是捡来的孩子。

我要是去后花园，就能看见周天和其他的孩子玩在一起。她们留长发、扎辫子，穿着鲜艳的衣服，有时候浩浩荡荡地用买来的塑料袋灌成水袋，朝一楼敞开的窗户里扔进去，有时候像炫耀给我看似的，津津有味地吃着买来的无花果和跳跳糖。那一整个夏天，我总是以羡慕的眼光站在一旁注视着她们。我没有零花钱，比她们低一个年级，她们谁也不屑于和我玩。我只好一个人在院子闲逛着，索然无味。这时候我发明了一个新游戏，自己和自己玩。

从我家门口的路到院子的大门口，是一条长长的下坡道，没有树荫，下午时分，炽热的路面上没有一个行人。那时候我着迷于从坡道的顶端往下奔跑，一边奔跑一边张开双手，我感觉自己的腿几乎迈不过身体坠落的速度了，有那么一个瞬间，我双脚离地，好像飞了起来。当我的脚步随着坡道放缓而自然地慢下来时，正好来到院子的大门口，能看见水泥砌的围墙上"建筑设计院"几个铜色的大字，我的身体便停了下来。这时我重新想起自己孤身一人的事实，于是折返回去，再一次玩起这个游戏。

当我又一次来到院门口时，我看见了民工。他正一个人站在大礼堂前的一堆建筑沙地旁。他也看见我了，冲我笑了笑，我便跑到他身边。

四下里没有一个人。我终于可以和他待在一起了，心里充满了喜悦。

很快他的工友回来了。他们分别站在沙堆的旁边，开始你来我往地朝一扇立着的纱窗里一铲铲地投沙子。大块的石头被纱网过滤，滚了下来，越过纱网的是金黄色的细沙。他们边铲，边短暂地吆喝着。我看得入了迷。

休息的当儿，民工问我叫什么名字。我小声地告诉了他。“尹静。”他叫我，我盯着他的眼睛答应了。“尹静。”他可能看我的样子好玩，又叫了一遍，我再次“嗯”了一声。

我们乐此不疲地玩着这个你问我答的游戏，重复了好几遍。他的工友抽完了烟，两人又开始干活了。我蹲在他们身边，看他们的动作，听他们短促的调子。望着民工的脸，我觉得安心。他的脸真的很好看。

一群孩子走过我们身边，其中有周天，我和她假装互相不认识。孩子们打来水，在一旁的沙地上玩起了堆砌城堡的游戏。我故意不去看他们，专心致志地看民工铲沙。他又叫了一声我的名字，我却假装没听见。直到日头西斜，孩子们都走光了，我才重新和他说起话来。

从那天以来，我和民工之间仿佛有了不成文的规定。如果有别的孩子在旁边看着，他响亮地叫一声我的名字，我是不会回应的。但如果只有我一个人，不管我离他多远，他叫我一声，我便会向他跑去，待在他身边。

院子里总能见着这群建筑工人，可能是因为那几年院子里总在没完没了地动工程。譬如正对着院门口的大礼堂旁边，本来是一个很大的足球场，不知何时那片草地却被水泥填上了，变成了篮球场，篮球场旁的荒地上又搭起了脚手架，说是要给院里的职工盖楼房。那个夏天母亲也在家里念叨，说等楼房盖好了，我们家也能分到房子，再也不用一家三口挤在十二平方米的小房间里，和邻居共享一个厕所和厨房，也不用再上对门的姥姥家去了，她巴不得早日自由。我“嗯嗯”地听着，心里却不希望那栋楼房建完。楼房建完，意味着我可能见不到民工了。

民工不知道我的心思，对他来说，我一定和周天一样，不过是院子里愿意向他搭话的小孩中的一个。可对我来说，他是特别的。在我们院里的那群工人中，我只认得他的脸，因此对我来说，所谓的“民工”指的也只是他一个人。我老早就觉得我认识他，那可能是上辈子的事。

一个孩子的心远比大人所能想象的还要幽深复杂，一个孩子所能察觉到的东西，也比他所相信的更多。我能回忆起一点自己出生前的事情，我在一团黑暗里飘浮。我还模糊地察觉到，在我心中存在着一些自己也不能理解的东西。譬如我想要亲近一个偶然来家里做客的美丽阿姨，她的长头发柔顺，全身散发着熟透的果肉一般的香气。我向她撒娇，闻她皮肤和头发上的香味，心里幸福得像蜜糖在往下滴。阿姨走后我和母亲都有点难堪。母亲打量着我，像打量着橱窗里的一件商品，末了她叹了口气，说："你要是能长得像你阿姨那么漂亮，那你也会有她那么好命了。"那时候我还不知道，她指的是一个年轻女孩，嫁给一个四十多岁的肥胖港商——而我对她也有同样的遗憾，为什么我的母亲就不像阿姨那么漂亮，全身溢满香气呢？

多年后我仍然在猜测，母亲对父亲满肚子怨气的由来，也许就是那个美丽的阿姨和她的港商丈夫、母亲当时的老板——大人们有秘密不告诉我，我也有自己的秘密不告诉他们。出于一种孩童的本能，我知道民工的事绝不能让母亲知道，她一定会像拆散我和爸爸、我和别人一样，拆散我和民工。母亲常说的一句话是："我真担心你以后和谁谁一样。"这个谁谁可能是姥姥，可能是三楼彭奶奶家的孙子，更多时候是我爸爸。母亲还会说："你和你爸爸一个样！"从她的口气里，我知道她是在责骂我，于是我知道我不能和爸爸太亲近，我愈亲近他，就会愈像他。爸爸和妈妈吵架，我要是向着爸爸，妈妈就会连我一起骂。只有当家里有人做客的时候，在妈妈的示意下，我才敢亲近爸爸。爸爸不是我的亲人，姥姥也不是，妈妈才是我在世界上唯一的亲人。

可是我喜欢他，我爱他，一看见他就满心欢喜。我知道这种感情是禁忌的、令人颤抖的，我谁也不告诉，也不想让民工本人知道。小学一年级时，我喜欢我们班的班长，他是班里最高的男孩子，皮肤很白，眼睛明亮。我总是在家里说他的事，说啊说的。有一天，母亲在路上遇见一个阿姨，说起我的事，"她喜欢她们班班长"，两个人一起冲我哈哈大笑，我的心像被割了一刀，那一刻使我明白了什么是喜欢，什么是爱，也明白这种感情只有深埋在心中才能使我免于受伤。

我害怕暴露自己的感情，妈妈却老是对我刨根问底。每天回家，她都要问我今天干了什么，和谁说了什么，他怎么说的，我又是怎么说的，之后他又说了什么。我要是说谎，她也能立马知道。

有一天睡前，妈妈假装无意地询问我："你说你最近和谁交上朋友了啊？"她亲热地问，那份亲热却使我害怕，她的体温热烘烘地包围住我的身体，好像要吃掉我似的。我知道她瞧不起民工，就摇摇头说："我不敢说，怕你打我。"

"我怎么会打你呢？"妈妈向我保证。她声音里的温柔使我动摇，于是我说，是一个民工。

"一个民工，一个民工？你和一个民工交朋友？！"

母亲的脸色变了，她的眉眼、嘴角、全身都传出轻蔑的气味，好像我是一团肮脏的东西。我感觉我和民工一起被妈妈轻蔑了，心一下子揪紧了。

"你以后不许再和他玩了。你要是再敢和他说话，看我不打断你一条腿！我说得出做得到！"

妈妈说得出做得到。而且她法眼通天，我总不明白，为什么她只是待在家里，却知道我去了哪里，做了什么，和谁说了话。好像不管我在哪里，妈妈的一双眼睛都在背后盯着我，看我有没有做坏事，有没有把自己弄脏，有没有和院里的坏孩子玩。

"我不能和你说话，妈妈不让我和你玩。"对我爱的人，我只有这一句辩解，说完这句话之后，我便不能再和他说话了。有好几次，我一个人在院子里溜达，看见民工在后花园旁的空地上浇水泥，或者在礼堂前的沙堆旁铲沙。我假装不认识他，从他面前走过去。他叫了我几声，见我不理他，便落寞地注视着我走过去。我走过他面前，却不知道我该到哪里去。于是我回到坡道顶端跑下去，顺势跑出院门口——我是在院子里长大的，这里就是我的世界尽头：外面是空空荡荡的一条马路，马路对面有几个小小的商铺，可是我没有零花钱。

于是我折返回院子里，跑上坡道，重新玩我的假装飞翔游戏，不知道第几次跑上坡道顶端时，和一群孩子相遇了。他们正在欺负周天，嘻嘻哈哈地笑着，在大喊她是"捡来的孩子"。周天看见我，飞快地跑到我的身边，我们两个和好了。

“我不是捡来的孩子！我是我妈妈生的！”

她的脸已经憋得通红。我点了点头，冲他们大喊：“她不是捡来的孩子，她是我的家人！”

天已经快要黑了。大人们该下班了，再过一阵子，我们就得回家吃饭了。

暑假快结束的时候，二舅和二舅妈又来了。妹妹还想说服我和她玩那个游戏，但是周天已经不理她了。不知道为什么，那天她一个人在姥姥的房间里待着不肯出来。于是妹妹转而建议我们“假装和程皖玩”。程皖是我邻居的小孩，邻里不和，小孩也受连累。小时候，他时常在我家门口，隔着纱门，眼巴巴地呼唤我：“出来玩嘛，出来玩嘛。”但是我不能，我站在纱门里面，用几乎哭出来的声音说：“可是我妈妈不让我和你玩。”这句话被下班回来的母亲听到了，又好气又好笑。

“怎么能当面和人家说那种话呢？”她斥责我，“真是个没有心眼的孩子，和你姥姥一个样。”我不知道那是什么意思，我的心上没有眼，却很容易受伤，为了不受到伤害，我什么事都愿意做。

我们去叫程皖，程皖出来了。面对漂亮的妹妹，他又惊又喜。三个人在门口的桂花树下，开始玩打乱蚂蚁队列的游戏。程皖又殷勤地向妹妹提议，我们找几个空瓶子来，灌满水，把蚂蚁淹死在水里看它们挣扎。

这时候是“假装游戏”的精髓，妹妹突然发难：“程皖真残忍，真坏！”她用眼瞟着我，暗示着我和她一起说。我看着我的朋友，心里有些犯难，可我必须讨好妹妹。程皖不知所措，“你们才残忍，你们才坏！”他反击道。“那你就最残忍，最坏！”我们的战斗逐渐升级为对骂脏话，说出口的脏话也愈来愈升级。“程皖是臭王八蛋！”“程皖是婊子养的！”我一边大声跟着妹妹重复这些话，一边为妹妹居然掌握了这么多脏话而感到吃惊。这些从来都被禁止的句子从我口中说出，使我心惊肉跳。可是妹妹咯咯直笑，她怂恿我把这些话用树枝写在桂花树下的泥土上。

写着写着，我的心中分裂出一股奇异的感觉：妹妹可爱的笑脸在眼前变得陌生，她的魔力好像变弱了。望着程皖憋着泪水的脸，忽然间我也想哭了。我知道，我又要失去一个朋友了，就像之前我曾失去过周天一样。忍耐着那股想哭的情绪，我的行为却和我的心背道而驰。我显得愈来愈兴奋，和妹妹不停地喊着："程皖是臭王八蛋！"程皖哭着跑回家去，过了一阵子，他的妈妈气汹汹地追了出来。

"你们家小孩怎么说话的啊？啊？！"

妹妹不怕她，拉着我跑掉了。我们站在楼道的门前，姥姥家的窗户里传来大人吵架的声音。最尖厉的那个嗓门是二舅妈的，咄咄逼人说个不停，中间夹杂着姥姥几句无力的嗫嚅声，接着声音又停了下来，变成妈妈和小姨在说话了。小姨的声音温柔、细声细气，很快被二舅妈的嗓音盖住了，这时母亲的声音好像在调停似的插了进来。我还听见一个奇异的调子，过了很久我才意识到，那是姥姥的哭声。我还想偷听下去，妹妹却拉着我回家了。我们两个刚一走进客厅，妹妹便骄傲地投向二舅妈的怀中，我突然发现，这一对母女的脸上有着相同的神色。

程皖的妈妈刚才已经过来告状了。"你哪里学来的这些脏话？"当着众人的面，妈妈开始数落我，"是不是跟民工学的？"她转向二舅和二舅妈，"她还和民工一起玩。"这时候，二舅妈和妹妹两人一起放肆地大笑了起来，得意地看着我。

我忽然间明白过来了——啊，我被骗了！大人们是一头的，而妹妹和二舅妈也是一头的，她只是在假装和我玩，其实和二舅妈之间暗地里分享她们的秘密，母女俩都在看我的笑话。妹妹的笑声是"咯咯咯"的，很可爱，她一笑脸上就有两个酒窝，大人们都喜欢她那种天使般的笑容。我的嘴唇颤抖着，什么话也说不出来，只有忍着眼泪，转身跑出家门去。我想哭，想放肆地扑进谁怀里，尽情诉说自己的委屈。可是我又想扑向谁呢？这个世界上，我唯一亲近的人只有母亲。

我从坡道上飞奔下去，风擦刮着我的脸。身体停下来时，我看见了民工。他还和平时一样站在礼堂前那堆沙子旁边，一个人孤零零地站着。

天色已经变暗了。

我不敢和他打招呼，妈妈的眼睛还在背后监视着我，我故意从他面前走过去，他也没有叫住我。过了一会儿，我悄悄地返回去偷看他，这次他正和他的工友一起铲沙子。我把身体躲在树丛后面，悄悄地注视着他，他仍然没有发现我。我再次跑掉了。

当我返回沙地旁边时，两个工人都不在了。太阳西斜，照着金黄色的沙堆和斜立在沙堆旁的纱窗。我的影子和那扇纱窗一起被拉得很长很长。暮色四合，院子里开始充满了家家户户煮饭的香味。蝉鸣声里，夏末特有的凄凉劲笼罩住我的身体。

我已经忘了哭泣，只是站在沙堆旁边，呆呆地抬头看着天空。我不想去想母亲和妹妹的事，强迫自己去想一些别的。我想，暑假马上就要结束了，我得去上学了。尽管我并不讨厌上学，我还得装出一副忧伤的样子。因为母亲的眼睛还在背后监视着我。

——那时候我还不知道，离别已经离我不远了。

我们送走周天的前一天早晨，是一个大雾茫茫的早上——那天我起得很早，周天把我叫到家门口去，说有一些话要对我说。“你想不想知道我的身世？”她的眼睛在白雾中看着我。我被“身世”这个只有电视剧里才会出现的词震慑住了，茫然地点了点头——看起来，周天也对能说出这个词来感到骄傲。接着她开口说，她不是姥姥生的孩子，是捡来的孩子。我出生的前一年，姥爷还在世的时候，我们家人去乡下探亲时，在路边的草丛里捡到的。

说完这一切后，她又补充道：“明天我就要被送到孤儿院去了。”

我不知道该说些什么好，她的表情也很平静。我们都如此茫然而顺从地接受了自己的命运。

在我的想象中，孤儿院应该是一个很远很远的地方，如同天涯海角。但其实坐在舅舅的车上，感觉从家到孤儿院门口也只有一瞬间。我们和周天一起下车，一个孤儿院的老师站在门口，接过周天的小书包，牵着她的手把她带进了院子里。然后我们就回到了车上。

回程的路上，姥姥哭了。大人们没理她，在车里叹了一阵子气，很快又谈笑起来。不知道为什么，我却不想哭，心里茫茫然的。我呆然地望着窗外，电线杆子一根接一根地呼啸而过。在那之上，是蓝得平静的、一动不动的天空——五年后，当同样的车载着我和一群谈笑风生的大人送我去寄宿中学念书时（那时我已是一个沉默而显得忧郁苍白的短发少女了），我知道，我距离同这个家族的分离也已不太远了。

和大人们一起回到家后，我在客厅里坐了一会儿，倚在母亲脚边听大人们聊天，又耐不住一个人跑了出去。在道路的拐角，我又看见了民工。他站在那里，还是一个人，好像在等待着什么，等待着谁似的。我一下子忘记了背后母亲的眼睛，朝他走过去，但是他好像已经不认得我了。他没有叫我的名字，他的眼睛甚至没有落在我身上，仿佛我是空气，是一块滚动的小石子，像一阵透明的风一样从他面前刮了过去。

——和周天分别时，我没有哭；姥姥在车里大哭时，我也不想哭；坐在客厅里，我甚至看了一会儿电视，随着大人的笑声一起笑了一会儿。可是在那一刻，我忽然间痛苦得好像被全世界抛弃了。心仿佛被撕裂了，绝望得透不过气来。他没有理我——他甚至没有看见我，而这一切都是我自作自受——啊，我被全世界抛弃了。

我走到他面前，脚步没有停止，然后继续走了过去。我来到后花园里。一群孩子正在花园里玩耍，跳皮筋、踢毽子。我远远地站在他们旁边，看着。然后，用我有生以来从未有过的尖厉声调，仿佛是要划破这个使我出生并抚育了我的整个世界，又像是被它响亮地扇了一耳光似的，站着，仰面朝天，紧闭双眼，张开嘴，用尽全力地大声恸哭起来。

写给生活止步不前的你：

/

谁都有过一个人胆怯在前路的迷茫

正是那些不离不弃的陪伴

让逐梦的旅途重新充满勇气和力量

/

— TEXT —

我的猫

▽

梁清散

我的猫怎么还不死。

我一直在奇怪这件事。特别是每天的饭点，看到它从窝里跳出，大摇大摆卧到我脚边，用爪子按着我的脚一言不发地盯着我的时候，我都会开始反复思考这个问题。

这家伙来到我家是“非典”那年的事了。春天的时候，北京瞬间成了“孤城”。原本熙熙攘攘的街道，竟是连最为繁忙的上下班高峰时段都是行人寥寥。那时还没有雾霾，但春天的沙尘暴仍是一景，风一来，连续几天都是昏天黑地。再加上对疫情的恐惧，所有人家都只是大门紧锁，坚决不外出一步。

正在赶毕业论文的我，倒是因为“非典”的爆发被迫停工，只好自我隔离关在家里。

也是这个整日把自己关在屋里躺在床上看书的日子，无所事事的时间骤然间

Ⓣ

多得令我自己都觉得厌烦。从而见街上没有人，就戴着防病毒口罩，打算出门走走。

却在刚走出独自租住的公寓小区门时，就停了下来。一团黑乎乎的东西，蜷缩在角落里。是一只小猫。大概因为“非典”使得人心惶惶，没人愿意抱走它，抑或是被什么人家所遗弃，因为周围看不到母猫守护。

我并不是那种爱心泛滥见到毛茸茸的动物就走不动路的人，想想“非典”自己也会害怕，结果却还是把这只小猫抱回了家。到底为什么呢？特别是在那么个所有人对不明生物皆敬而远之人心惶惶的时期。后来回想，大概只是因为一时的孤独吧。

* * *

我的确不是一个热爱生活对世间万物皆抱以欣赏和向往的人，很多东西出现在生活中，对我来说也就只是单纯地存在着而已。就比如这只猫，甚至连个名字我都懒得给它起。在叙述中只用“这家伙”，而在生活中，不外乎是“喂”“嘿”“啧”这样的对人类来说没有更多信息量的声音凑合用着。不过，似乎就算这么凑合着，这家伙也不介意，反正它也不怎么愿意搭理我，除了喂饭和铲屎两件事之外。

大学呢，因为“非典”的原因，根本没有好好地做答辩，便稀里糊涂地毕业了。毕业后，倒是拜“非典”所赐，一再拖延，最终根本就没去找工作，自己一个人关在房子里懒得出门。

现在回想，或许那时真的是最黑暗也是最自由的一段时间了吧。

跟家里人说，你们不懂我有我自己的追求。跟朋友们说，得了吧管我做甚。跟自己说，想要成为个什么作家，不如就从现在开始，破釜沉舟了才能一往无前。但实际呢，所有的退路倒真是被自己给断绝，而行动上也只是不断地逃避现实，不断地偷懒不想去面对自己的失败。

不断地写作，写好了却仅仅是因为害怕失败而根本不投稿，我大概就是这样一个人。很可笑，更可悲。而且我连自己都快养活不起，却还养着一只猫，倒也真的别是一番讽刺。

更何况，这家伙长大了一些，开始懂得沿着床单像爬树一样爬到我的床上来睡觉。睡觉又不能真的安静，在原本就很疲惫又轻度失眠的我刚刚要入睡的时候，假若不小心踢到它，它就会毫不留情地挠我一下或者咬上一口。倒不是说这一挠一咬有多疼，但对于来之不易的睡眠，简直就是灾难性的一击。

写作写不出来，睡觉又睡不进去，我爬起床，也不必点灯，只有和那黑乎乎看不清身影却能看到的明亮幽绿的猫眼睛对视。对视一段时间后，它倒是缓缓闭上眼，过不多久呼吸均匀平和，睡着了。

我想，猫真的是太讨厌了。大概它真的是应该死掉的好。

然而怎么才能让它死掉？比如用一根绳子勒死它、用水果刀解剖它，或者干脆塞进抽水马桶的水箱里盖上盖子淹死它。我虽然不是一个热爱生活的人，但也绝不是一个残忍的人，更不是一个专心于虐杀小动物的变态。因此，让猫死，自然不可能亲自动手。自己不动手，办法依然有之，那就是让它知道我是有多么希望它赶紧死掉。据说猫是有灵性的，总有一天它可以自绝吧。

从方法确定那日起，我也就开始毫不迟疑地实施起来。坐在书桌前，写不出小说的时候，就默默对卧在自己腿上呼呼大睡的这家伙说上一句“快死去吧”“你这么没有用，怎么还不去死”之类，为它死的意志增加一份咒力。我相信，久而久之，这样的做法总能奏效。

* * *

猫，根本没有一丁点要去死的意思，并且还越长越大。我呢，生活倒是也有了转机，可惜并不是在写作方面，而仅仅是单纯在生活方面。

那已经是毕业后的第二个春天，我正在被猫新添的毛病所折磨。搞不懂为什么这家伙突然开始喜欢咬人的脚，而且不是那种闹着玩地咬，别说穿着袜子，即便是隔着那种软底居家棉拖鞋，突然被它照着大脚指头咬上一口，也是生疼生疼的。更可恨的是，它喜欢极了这样的游戏。

就在猫又一次从桌子底下蹿出来狠狠地咬到我的脚指头上，我正用力要将它连同拖鞋一起甩掉的时候，手机响了。

是我大学时的一个同学。

见面是在楼下的一家面包房。在甜腻腻的奶油味中，同学倒是干脆果断，没有一句虚情假意的问候，直截了当地问我现在有没有空，他手头有活一个人干不完，我要是有空就跟他一起画图，最后分一部分钱给我。

没有任何理由拒绝这样的事情。

从而，我就开始了新生活。一边干着老本行——给各种工程建筑画排水设计图，一边写着没人看的小说，一边被猫咬着脚指头。

这样的生活，大概很多人都有所经验吧，猫永远可以在最应该出现的时候出现，要么咬断创作中好不容易才酝酿出来的情绪，要么就是趁我稍微离开的时候把刚刚画好的图纸挠个稀烂。

一只猫怎么能做到这么招人讨厌呢？特别是当我发现自己的这些抱怨根本无处倾诉的时候，就更是让人郁闷。坐在屋里，除了同学扔给我的堆积如山的工作还没有做完以外，似乎一切都是空的，空空的房间、空空的大脑、空空的幻想，和一只黑得像一个空洞一样的猫。

好了，我想除了忙着给同学打零工以及胡思乱想自己的未来以外，终究要做些有意义的实质性强的事，就比如说促进我的猫赶紧死掉。要不是因为它，我不会那么痛快就接了同学的活，现在好了，我得把写小说的时间挤出一大半来挣钱，我离小说理想又远了一大步。所以，你值得以死谢罪，对吧！

这家伙似乎读到了我的想法，不屑地甩了甩尾巴，头也不回地走到了自己的饭盆前面，大口地吃起了刚刚喂给它的猫罐头。

＊＊＊

算来养这家伙已经第六年还是第七年的样子时，我在写小说方面仍旧没有更

多的突破，虽然偶尔可以发表一两篇，但整体上来说终究是上稿的少退稿的多，想来只有无奈和更加迷茫的前景。

再看看这只猫，竟是长得又肥又圆早就不再是小时候多少还有一点令人疼爱的样子。

一只猫的寿命大概只有十二三岁，有的猫会长寿些，可以活到二十岁。我的猫虽然算来该是一只中年猫了，但也才仅仅七岁，熬过了幼年的猫，一般就很难死掉，那么只能等到老死的那一天了？我看着它，再过六年，它终于死了，我却也不再是个青年。

而它只是从鼻子里发出“呼”的一声，团成一个球睡得正酣。

有时候，它会在我腿上睡觉，特别是当我专心致志地写没人看的小说的时候。然而，这家伙实在太沉了，不到半个小时的时间，我的腿就会麻得全无知觉，必须打断写作构思，哄它下去开始活动双腿。而且我想如果每天都要腿麻几次的话，说不好时间长了腿上的血管也会出现问题，静脉曲张，甚至组织坏死之类。

所以说……猫这种动物，终究还是惹人烦的。

然而，烦归烦，除了写小说之外的生活依然不得不继续着。为了生活，无论如何还是要一次又一次去到那家面包房，见我那个同学。

那个同学倒是对我所做的工作一直很认可，甚至于当他步步高升，已经成了个小有权力的项目经理时，还特意又问了我一次愿不愿意正式入职到他们公司。

“至少能比现在的钱多一倍，还能给你上正规的社会保险。”

我却只是拿着我应得的那一份实际上少得可怜的钱离开而已。

他能认可我，我是感到一种欣慰的。从小到大，到底有谁认可过我呢？可惜我更为渴望的认可却根本不在这里。

推开家门，正看到我的猫站在鞋柜边迎接着我。

关上门，把钱扔到一边，蹲下身去抚摸它的头，它一反常态地对我表示了友好和亲昵，还发出了呼噜声。

这又是对我的哪方面表示的认可呢？

我苦笑着拍了拍它的头说：“今天怎么这么乖？咱们想好怎么死了没？”

猫卧倒在我脚边，我又摸了摸这家伙的肚子，无奈地对它继续说：“你看看你，猫到中年，没有工作，还一肚子肉……”

这家伙自然不会操心吧，可是你说你到底要怎么办呢。或许真的要等你老死才能解脱了。

＊＊＊

然而，到头来猫真的病了，就在我收到一封算是熟知的编辑发给我的邮件时。

邮件内容很令我兴奋，似乎是对我多年来努力的一个认可。我终于得到了想要的认可。

信是一封邀请函，邀请我这个实际上根本没有发表过几篇小说的新人参加一个国际性质的笔会。笔会地点在夏威夷。

当然了，路费、住宿费都要自理，以及我相信之所以选中我去参加这个笔会，仅仅是因为那位编辑问了其他所有人都没有时间或者不愿花那么多钱，才找到默默无闻却有着大把闲工夫的我。

而也正是这个时候，我发现可能快十年来，我对那只猫所抱的唯一的期望就要实现了。

猫粮也好猫罐头也好，一口没动已经有三天了。再去检查厕所，发现不仅没有大便，甚至连小便也没有。更不正常的是，这家伙已经有三天没有从床底下出来了。

我趴到床下看，一团又黑又大的毛球缩在角落里，就像它小的时候，缩在我家小区门口的角落里一样。

它大概感觉到我在看，便缓缓地抬起头，我隐约间看到一双没有神的幽绿的眼。

这只老猫终于快死了？刚好在我去夏威夷的时候。

我开始盘算到时候找谁来为它收尸。因为总不能等我从夏威夷回来再处理吧，天气又热，到时候完全臭在了屋里，根本没法清理。更何况万一尸臭味太重

持续时间太长，肯定会引起邻居的怀疑，到时候家门被警察砸开，我却还在夏威夷，就更麻烦了。

猫似乎相当难受，发出呻吟一般的喘气声。

夏威夷呢，我当然不是为了去看什么村上笔下的寻找喜喜的那些繁华的或者偏僻的街道，也不是为了去看什么珍珠港事件的基地旧址，火山、海滩、美女、椰风树影，等等这一切也都根本不是我所最为期待的，那里的笔会才是。大概毕业快十年了，从无到有，从零开始，即便是因为只有我有空闲时间，那对我的邀请也算得上是对我这十年来努力的第一次小小认可了。

我深深叹了口气，甚至吹起了不少床底的浮尘，小心咳嗽了两下后，完全爬进床下，把已经瘦得不成样子的猫给拎了出来。

去了宠物医院，很快就确诊了，这家伙得了肝炎。

怎么会是肝炎？医生倒是解释说，猫的肝炎和人不同，不是病毒感染而是自身体内病变。怎么病变的？医生又说了很多，我却听不大懂，只好问关键的——猫还能不能活。

我闹不清当时到底希望听到的是怎样的答案，一边想着在夏威夷开会时将有多少新的机会，也许就此厚积薄发地展开了人生新的篇章，一边却开始回忆起腿被这家伙压麻了的感觉，还有更久远的脚指头被咬得生疼的痛感。

“可以活。”

就这样，我抱着这家伙以及开的各种药和救活它的方法回了家。

药并不特别，大概是比较对症的治疗猫肝炎的药。然而只吃药是不行的，医生说关键是必须要让猫吃东西，每天必须摄取到定量的食物和水。如何让猫摄取？用医用针管往它嘴里灌。多久能康复？多久后猫开始主动进食进水，就算康复了。那到底是多久？至少一个月。

很好……一个月……一个月之后，笔会已经结束。

那位算是熟知的编辑听说我决定不去这次夏威夷笔会，深表遗憾。他至少说了不下三遍“太可惜了”。我不知道到底该如何打断这样无穷往复的对话，只好把实情告诉他。告诉他，我的猫要死了，这是我盼了多年的心愿，我必须要亲自目睹心愿达成的那一时刻。之后，当然没有再继续，编辑他只是无声地挂断了电话。

只是当我真的开始实施拯救这家伙生命的计划时，才发现这件事到底有多不容易。喂药，猫会条件反射地咬合，尖利的牙会一次次刺破我探进它嘴里送药的手指。灌食，它会吐，而且是灌多少吐多少。然而，医生也说了，进食量是要计算它留在肚子里的食物量。因此，只要它还在呕吐，我就必须继续灌食。每天的时间，几乎完全都被这样拉锯战一样的灌食活动所占满。

我这样深受着折磨，并且在微博上看到了笔会开始，代替我去参加笔会的作者每天都在说着自己的收获，使我更是感到要全神贯注地先让这家伙活起来。真是讽刺了，一个一直渴望着自己的猫赶紧死掉的人，却在此时抛弃一切地想让它活。

反正不能因为一场莫名其妙的病就死掉。你是要死的，但死的方法和形式都必须要让我满意才行，现在你要是死了，实在太难看，我不满意。

一个月之后，我只剩下完全的绝望。

这家伙迟迟没有主动进食的意思，一丁点都没有。

这种绝望甚至弥漫在了我的身上。我惊讶地发现，我的体重也在减少着，大概消瘦了十斤的样子。仿佛在猫的生命力消失的同时，我的生命也在不断被耗散着。这种耗散似乎没有任何意义，因为我的小说也几乎一笔未动。

这样的选择是对还是不对？或许最正确的应该是那天在宠物医院就找医生要一针安乐死药剂，打下去仅仅一针，一切也都解决了。

我只需要收拾了它的尸体，同时收拾好自己的行囊，无事一身轻地飞往夏威夷。

大概，那样才是真的正确。

但我也有一种感觉。就算我做出了以上的那种选择，我的结局依然是个错误。

这个世界原本就总是在误导我选择着真正的错误，无论如何。

可恶的世界。

然而。

就在我几乎完全打算放弃的那天清晨，我计算着到底丢掉了多少宝贵的东西而躺在床上迷迷糊糊不想面对现实的时候，我听到了猫虚弱地走到自己的食盆边，用舌头舔了一下里面的猫罐头的声音。

那种微弱的声音，几乎让我激动得从床上跳起来。

当然，这是绝对不行的。

我认为这是关键时刻，如同世界真的被修正的那一瞬间。

我必须悄无声息，甚至连紧张起来的心跳声都必须捂住，绝不能惊动了它。

随后，第二声第三声第四声的舔食声悦耳地传来。

猫因为主动进食而不必再由我花时间灌喂，病也似乎一日比一日地好了起来。再过了大概一个星期，这家伙竟然又可以跳了，跳到了又开始恢复写作的我的腿上。只是这时的它轻了许多。不过倒也不是什么坏事，至少腿可以延缓一段时间才麻，连续写作的时间也增加了一点。

就在这之后不久，我那位已经可以在建筑设计行业独当一面的同学，又一次找上我，再次问我愿不愿意到他的公司去干，可以给我更高的薪水。

我再次谢绝。

我的理由很简单。

我的猫还没能死掉。

小说也不再只是在零上徘徊，我可能还有些值得去努力的机会，一只猫也总有死掉的那一天，机会还有很多。

有时候我甚至在想，等我的猫真的死掉，我再去想人生的方向就好了。

当然……

很多事情，也就是养一只猫的时间，便过去了。

写给漂泊异乡的你：

/

一个人走的路不会永远黑暗

总会有不期而遇的善意

去把心灯点亮一盏

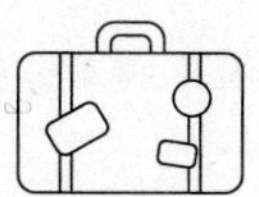

— TEXT —

深夜里的我们

▽

陈晨

<<< 1

2012年到2015年这三年，我们都在同一座城市，同一个空间里出现过。

只是我们不记得，也没有留意过彼此曾经相遇。

其实这没什么好说的，我们每天都和不同的神情、气味、姿态擦肩而过，然后失去交集。

那个夏天，我刚到西半球的这座陌生城市念书，最开始是三个月短暂的英文突击课程。

其实课程很轻松，下午三点就放学了，作业基本上半个小时就可以完成。

那段时间，每周五和周六的固定节目就是和一群同样刚来多伦多的留学生去club蹦迪。

很难想象啊，现在在北京，我的周末基本上都在“宅”中度过。

我们去的那个club，曾经拍过一个很有名的美剧。所以，每次迷醉在震耳欲聋的音乐里的时候，我都觉得自己活在那个美剧里。

没办法，年轻就是戏多啊。

深夜的时候，最能感受到自己身处异国他乡。但那些个深夜，在酒精和汗水的作用下，体会更多的是兴奋和自由感。

差不多凌晨三点的样子，从club里饥肠辘辘、跌跌撞撞地走出来。

这个时候，依旧还亮着灯光的餐厅，只有汉堡王之类的快餐店。

深夜的汉堡王，是流浪汉们的乐园。他们有的躺在店里的椅子上睡觉，有的坐在门口。如果你走过去，他们就会给你开门，然后问你索要一个硬币。

当时的我，还活在深夜喝下大杯可乐，吃下大份薯条依旧没有罪恶感的年纪。但是，我毕竟是个亚洲胃。一到夜深人静，风有那么一丝凉意的时候，我就想喝口热汤，吃口热食。

韩国城似乎是唯一的选择。

那里的餐厅，是大多数北美城市的深夜食堂。

<<< 2

当时的她，终于在多伦多韩国城的一家石锅拌饭店找到了一份兼职。

工作时间大部分在晚上。

才刚开始工作，她就发现那个总是冷冰冰地坐在前台的老板娘不喜欢自己。

她听不懂有的客人脱口而出的韩语，总是上错菜，又有点心不在焉。没办法啊，白天她都在上课。

她太累了。

深夜的韩餐店只有两三个服务员，客人却经常坐满。

一桌人咋呼呼地离开后，她上去收拾餐具。装拌饭的石锅很重，她一口气端两个，有点摇摇晃晃。

正当她险些要跌倒的时候，男生从后面凑上来，佯装自然地接过她手上的石锅，表情却是冷冰冰的。她听到男生小声地嘟囔了一声，像是在抱怨。

“唉？我又没让你过来帮忙。”她咬了咬嘴唇，默默地想。

他是另外一个服务员，是个韩国人，总是戴一顶黑色的鸭舌帽。老板娘很喜欢他，除了他好看，或许就是因为他会说韩语吧。

老板娘的英文很差，却又喜欢不懂装懂，这个最让她困扰。

只是，就算一起工作有段时间了，她和那个男生也没有什么交流。或许他也像自己，有点冷冷的吧。

直到有一次，在厨房的后院，她看到男生挽着袖子，帽檐反扣到了脑后，站在门外抽烟。

“店里客人很多吗？”

“没有，我一个人还忙得过来。”

“我抽完这根就回去。”

“没事。”

“别告诉老板娘。”

“好的。”

他们开始有一搭没一搭地聊天，男生几年前和父母一起移民到加拿大，家里还有一个刚上中学的弟弟。

在韩国的时候，他们住在首尔旁边的一个小城市。

父亲在韩国的时候是工程师，来加拿大之后一直没找到工作，只能在商店当收银员。一家人在一个旧公寓里，一租就是好几年。

他说，有一天晚上，父亲喝了点酒，然后话就开始多了起来。

父亲回想着来加拿大的这几年，觉得自己接下来的人生恐怕就要在超市的收银台前度过了。但是，一想到两个孩子或许可以拥有更好的未来，他就觉得值得。

“恐怕他也后悔移民到这里吧。”他站在夜色里，轻声地叹了一口气。当时的他，还是可以从父亲的眼神里看出一丝悲哀。

“你呢？有后悔来这里吗？”他接着问她。

她犹豫了一下，然后摇摇头。她家庭并不富裕，来这里念书，爸妈卖了他们人生中第一套房子。然而，三线城市的房价也只够她交学费而已。她熬夜在韩餐店打工，其实和懂事并没有太大关系，是她必须这样做。她必须靠自己养活自己。

“其实真的并没有很想来这里啊，但是现在回不去了。”

<<< 3

秋天开始的时候，我正式入学，学业变得繁重起来。我拖着箱子搬了家，新的公寓虽然很旧，但是离学校和韩国城都很近。

常常在凌晨的时候，楼下就会传来恶作剧的尖叫声，还有啤酒瓶打碎的声音。

Ⓣ

初到异国的那种新鲜感早已消失殆尽。在那些个倦怠、无聊、忐忑的深夜里，我开始重新写起了小说。

人啊，只要一开始写东西，就会饿，饿了就会吃，吃了就会胖。

所以，除了陷入发现自己的才华已经耗尽的悲哀之中，肥胖也是大多数作家的宿命。

就算深夜的多伦多没有外卖，也并不能阻碍我的变胖之路。通常在打完最后一个字，在大脑彻底一片空白之前，我套上帽衫，独自步行去韩国城觅食。

我去的还是那家石锅拌饭店。

她还在那家店里工作。

工作日的深夜，客人不会非常多。空闲的时候，困意是最大的敌人。而男生好像是故意似的，总是在她最困的那一刻，找有趣的话题和她聊天。

渐渐地，她开始会向他吐露自己的烦恼，多伦多古怪的天气，枯燥又没有回头路可以走的课程，拮据的生活……她什么都说，或许是因为只有他才会愿意听吧。

有好几次，在打烊前结算小费的时候，她看到男生从自己的那堆零钱里，佯装不经意地移出几个硬币推到她的小费里。

还有一次，下班后。

才刚走出店门，她就看到公车已经抵达一百多米外的公交车站。正当她心慌意乱地觉得要错过这半小时才一班的公车的时候，她看到男生单脚跨上了车。

怎么回事？明明和他家是反方向啊？

“你好，请问是去东约克方向的车吗？”

她看到男生用手抵着车门，半截身子露在车外，在和司机攀谈。

“不是，这是往西走的。”

“去东约克坐几路车呢？”

“应该是3路车。”

“不是6路吗？难道换线路了？”

“没……没有啊？”

司机被男生弄得摸不着头脑。

这个时候，她气喘吁吁地追到了车门口，然后如释重负地上了车。

“噢，明白了。谢谢你。”男生说完，便下了公车。

车窗外，她看到他朝自己挤了挤眼，有些俏皮地笑着朝自己挥手。

之后，她有想过把这个男生归入自己的好朋友，或者……知心伙伴？但是，想了想还是在心里把他的名字默默画掉了。

毕竟，他们只是在深夜里才会相遇的人。

<<< 4

“对了，我昨天听了一首歌，很好听，还和中国有关系。”

在那个最后的夜晚，在她找到一份时薪更高的兼职准备离开的时候，他突然拉住她，然后掏出手机，把一只耳塞递给了她。

“啊？”她被这个突然的举动吓了一跳。

他们站在已经打烊的店门口，最遥远的那片夜色已经泛起了白光，疲惫的黑夜就要结束了。

声音有些嘈杂，她很努力地听清楚了。有一个男声在唱——

“On a slow boat to china, I will be, I will be.”

"In the sea, when we will be."

<<< 5

"那个瞬间，其实就很想哭了。"

五年后，这个女生在发给我的私信里这样写。

是某个品牌联系我，一起合作的一次线下活动。我在微博上发布，寻找读者关于一首歌的城市故事。

然后，在人来人往的三里屯太古里，我见到了这个女生。

就像文章开头说的，我和她的交集其实这样多，但是彼此都不记得谁是谁。

人的记忆很奇妙，你努力去记得的那些东西，到最后却总是想不起来了。

而保留下来的，却是曾经觉得无关紧要的片段。

就像我不记得那家石锅拌饭店的名字，配菜的种类、价格，还有多年之后在北京遇见的这位女生。

我只记得那一段又一段独自走过的夜路。我套着帽衫，手插在口袋里，四季就是在那段路上开始更迭起来的。

我二十三岁的冬天，11月就飘起了雪花。

她也是在回国的班机上，戴上耳机，点开了那首歌，*On a Slow Boat to China*。

她说，一直以来，她都以为是这首歌在支撑着自己。

直到离开的时候，她才发现自己错了。

是那个人。

<<< 6

其实，“On a slow boat to china”这句话和中国没有多大的关系。类似于英文的歇后语，形容漫长的旅途，有祝福之意。

跨越世界的零点

纽约

Copenhagen 哥本哈根
Melbourne 墨尔本
Yokohama 横滨
Edinburgh 爱丁堡
Iceland 冰岛
Shanghai 上海
Hong Kong 香港
Jerusalem 耶路撒冷

Kyoto 京都 / London 伦敦 / Lyon 里昂 / Berlin 柏林 / New York 纽约 / Tokyo 东京 / Hunan 湖南 / Taipei 台北

我曾走过灯火璀璨的城市海岸，驻足在冰雪覆盖的极昼峡湾，也曾游荡进一双失眠眼睛里的黯然……我流连于这世界所有的夜晚，在跨越零点的时刻，对你说晚安。

胡小西 / Harry / 宇华 / 陶立夏 / 普渡众神花 / 年年
消失宾妮 / 卢丽莉 / 幽草 / 王一 / 曹小优 / 麦瓔 / 黑熙 / 陈晨

哥本哈根　韦斯特伯街区
10:00PM

图/文：胡小西

到达韦斯特伯街区的时候是8月下旬，晚上已经很凉了（白天最热的时候还可以穿T恤），我们一行人出门找吃的。路上的行人和机动车辆并不多，自行车车流源源不断地从身边驶过。丹麦很注重环保，大部分居民选择用自行车代步。但并不是国内流行的共享单车，而是每个人都拥有自己的。遇到朋友便停靠在路边闲聊，或结伴一起去拐角的商店购物，也可能只是在随性地“散步”。这样的夜晚一下子让大家放松了下来，没有汽车这种“庞然大物”的出没，仿佛一切都变柔软了。有多少人会因为夜晚而爱上一座城市呢？至少我是。

胡小西
上海最世文化发展有限公司设计总监
首席签约摄影师

墨尔本　小柯林斯街
10:00PM

图/文：Harry

Harry
自由摄影师
在不同的地点体味城市与人 现居墨尔本

刚来墨尔本时，住在离市区十五千米的学校附近。一到晚上，就是澳洲郊区的典型模样：没有商店，没有餐馆，没有人，只有街灯。

有时候觉得，跟墨尔本太亲近了，生活在这里，每天打交道的人也在这里，每次进出澳洲，也都是走墨尔本机场，所以当她悄然发生了许多变化的时候，我也几乎不曾察觉。

有天被告知墨尔本有了“白夜节”，白天繁忙的市区，到了晚上八九点，人越来越多，接近零点，人挤人，水泄不通。在维多利亚州图书馆和美术馆前的人最多，因为有

灯光投射在建筑上的表演，大家拿手机和相机，挤到建筑物的正前方，拍个不停。

继续走，看到管风琴表演、天使舞台剧、巨大的充气大白兔奶糖、空中飘浮的巨型水母等等。在一片紫色的灯光中，我看着这个模样陌生但又让人喜欢的墨尔本，突然有种看到电影《星尘》里，女巫吃掉最后一颗星星，而返回金发与青春模样的画面的感觉。墨尔本在今晚，展现了我从未曾察觉到的她的一面。

横滨　大冈川
11:00PM

图/文：Harry

Harry
自由摄影师
在不同的地点体味城市与人 现居墨尔本

走出横滨站天色已晚，周围空气甜甜的，好像附近有条河，河里倒满了胭脂。

选了一家叫作“腹黑屋”的烧烤店，临街坐下。油烟很大，一阵阵地排到街上。一般人对这阵巨大的油烟没反应，径直走了。有一对恋人，快走近时，突然风口排出巨量的烟，把他俩淹没。女生被吓到，又突然大笑起来，手指着烟，跟男生嘀咕了一句，笑着继续走。

烤肉很好吃，我要了梅子酒。店里传来飞鸟凉的歌《这场恋情我扑了个空》。高中

时候，我们学校和鹿儿岛一个高中有合作项目，同学互相通信，通了一阵子信，他们来做访问，与我通信的那个男生，送我一盒卡带，里面有这首歌。

我走到旁边的大岡川，想看看河里有什么东西味道会是香的，但什么也没有，只有黑色的水和远处的广告牌。我突然觉得很放心，也许是想到了一句歌词：“无论于什么角落，不假设你或会在旁，我也可畅游异国，放心吃喝。”

苏格兰　爱丁堡
00:00AM

图/文：宇华

宇华
平面设计师 摄影人 专栏作者
走走停停 现居英国

苏格兰的夜都是冷的，清静的。

之所以这么说，是因为只有冬天的苏格兰才拥有漆黑的夜。夏天的英国老早就被称作“日不落”的岛国，太阳一直坚持到晚上十一二点才肯下去。所以说苏格兰只有冬天才有夜晚，夏天没有。一到冬天，下午四五点开始，夜晚就嗖嗖地从各个不知名的拐角窜出来，瞬间让整个城市沦陷，那才是黑夜中苏格兰的真面目。

某年跨年，我辗转到达爱丁堡的时候已经是夜晚十一点多。

大街上挤满了成千上万狂欢的人，我一寸寸地向与友人约定的地点移动，根本无法赶在午夜之前相聚了。破旧的二手胶卷相机开始被冻得反应迟缓，以至于后来冲出来的照片一半以上都过曝与漏光。

我开始埋头尝试拨打一通通区号0086的电话，突然围在钟楼下的人群欢呼起来，互祝新年快乐，一片欢腾，我甚至听不清新年的钟声。情侣们也在零点时分深深亲吻。我并没跟着欢呼，只是一个人孤零零地站在广场的钟楼下，眼睁睁地看着秒针嘀嗒一下指向数字十二。不远处璀璨的焰火在半空中绽开。我之前一直觉得我应该压抑着不把过去的自己一遍又一遍翻出来，然后任由无尽的思念把那个自己鞭笞得体无完肤。

但我知道你在时差八小时的零点下，一同许下了愿望，那就安心了。嘿，我在想念你，时时刻刻。

我在想念你。

冰岛　西北部峡湾极昼
01:00AM

图/文：陶立夏

陶立夏
作家　翻译　摄影师
已出版作品：《分开旅行》
《练习一个人》《把你交给时间》等

从法罗群岛搭大西洋航空的飞机到雷克雅未克，空乘发了一颗水果糖。降落时已是午后，取到预订的车，吃一顿简单的晚餐后开始向北出发。目的地是一个我从未听说过的小镇，后来也没有试图去记住那个长长的名字。至于为何要去那里，是因为我还从未去过冰岛西北部的峡湾，在地图上看见那曲折如冰裂痕的海岸线，觉得应该去看看。漫无目的但意志坚决，这个过程很像注定会失败的恋情。

7月，厚厚的积雪未消，冰泉喧哗汇集成瀑布。从雪山的缝隙里窥见纯如神迹的浅淡蓝色，随冷风灌入灵魂。这片土地上不仅日夜，连同季节都有自己的标准。荒僻的山脚与海湾里，偶遇沉睡在午夜微光中的小木屋。下一次再看见人迹起码需要再开半个多小时。这是人与人之间合适的距离：如果我有喜乐悲伤，或许会写在纸上，来日相逢郑重地告诉你知道。也可能今生今世都只字不提，毕竟等我走完这一程，它们可能都已不重要。

太阳落入地平线下的那几分钟，停车在悬崖上休息。对岸是北冰洋里的孤岛，白色雪线被金红色的夕阳染成粉色。大衣留在开着暖气的车里了，冷意并不是渐渐渗透而是瞬间降临，冷到你相信，人是能彻底遗忘的。比如此刻，你已经不记得那个数小时时差之外的欧洲的盛夏，那里花团锦簇，水果迅速腐烂。忘记一个人，忘记生活中受到的苦难，应该也不太难？

上海　汶水路、行知路
01:00AM

图/文：普渡众神花

普渡众神花

可能是证件照拍得最好的摄影师
一直试图在路上 废话体诗爱好者

两点一线的生活，拖着疲惫，从一点返回到另一点。

过了零点之后，你会悄然发现这个偌大的城市只剩下你和这些人。

街边摊的大哥、拾荒的阿姨、在街上巡逻的社区保安、出租车里补觉的师傅、路边的寄宿人，等等，还有在路边翻倒垃圾寻食的流浪狗。

我到了这个年龄，好像就没有办法看着流浪狗的眼睛了，从它们的眼睛里我总是看到被遗弃的孤独。它们不像人，可以通过自己去改变命运去争取些什么，而它们没的选择，除了默默忍受，直到被救助或者是再也走不动的那天。

香港 钵兰街
02:00AM

图/文：普渡众神花

普渡众神花

可能是证件照拍得最好的摄影师
一直试图在路上 废话体诗爱好者

有一天我来到她的城市，她替我找了一家离她家最近的旅店，在女人街一家夜总会的楼上，房间小得只能放下一张床，还有一台电视机，没有电视节目，播放的是这幢楼的十五个监控录像。

我情愿漫无目的地走在街上，而不是呆呆地看着监控录像，像个大楼保安一样。

我走在路上，这个城市的零点与我生活的城市不一样，零点后街上的路人络绎不绝，高色温的路灯下的街道照得跟白天一样，熙熙攘攘。

戴上耳机，不自觉地走入人少的地方，没有了接踵而至的行人才觉得这已经是凌晨了，即便是过去这么多年，我依然清晰地记得香港零点的样子，倒是她的模样模糊不清了。

耶路撒冷　橄榄山
04:00AM

图/文：年年

年年
上海最世文化发展有限公司签约插画师
已出版作品：《N.世界》《琥珀》
《收纳空白》《梦见市》《暖墟》《二人世界》

耶路撒冷的凌晨四点，让人想起东京的凌晨四点。那时因为异地，每晚睡前在微信里跟你说晚安，你多半会在凌晨四点左右回我晚安。时间久了，即便分手后到现在，绝大部分的凌晨四点左右我都会醒来一次。

耶路撒冷凌晨四点的天空，原来是同样的蓝。只是，它不像东京已被我的期望与失望反复揉碎的蓝。它自由、辽阔、完整。我第一次细细端详它原本的模样，仿佛置身于一颗从未受伤的巨大的心，成分只有温柔而从不问“失去”的意义。

从风衣里摸出手机，按亮屏幕，想象出那句“晚安”曾在的位置。继续想象，日出后，下山，去哭墙许愿吧。挤进那些念经念得浑身摇晃的信徒之中，记住他们低头时后颈柔弱的轮廓。祈祷，把许愿纸条塞到石缝里。

纸条上应该有第二次用左手写的“愛してる（我爱你）”。第一次是在你胸口上写。左手容易写出水平翻转的镜文字，我想你会比较好猜。

只是当时连“愛”都没写完你就猜对了。

那现在，在耶路撒冷，世界的中心，我应该可以把它写完了。

京都 清水寺
07:00PM

消失宾妮

“灯笼簇拥的屋檐下，夜樱满地，我就是在那时忽然怔住。和着水木交融的气味，宁静的夜色，感觉自己已逆穿一段过去的时空。”

伦敦 Picadily Circus
07:00PM

卢丽莉

“即使去了这么多次，回国之后仍时常心心念念地想起，那些热闹与孤独并存，却无比惬意的夜晚。”

里昂 罗纳河
09:00PM

幽草

“那一刻只觉得美，呼吸都停住了，胸口却空落落的，觉得凄凉。这是因为孤独呢，还是因为春天，到现在我也没能明白。”

柏林 柏林大教堂
09:00PM

王一

“独自在异国街头，想起当年，还是有些难过，会怀念那个同样热闹的晚上，虽然这怀念与热闹并无关联。”

纽约　时代广场
09:00PM

曹小优

“忽然觉得自己如此渺小，却又如此安全，在憧憬的城市结束掉做了很久的梦，睁开眼，又看到了五颜六色的明天。”

东京　巨蛋
10:00PM

麦瓔

“唯独在这样的夜里，更复杂的情绪才能够被暂时性地隐藏起来，将自己认真当作热闹与空虚的一部分。”

湖南　借母溪原始次生林
11:00PM

黑熙

“人生苦短，你看见它，不过是无限接近于零的一瞬间，而它的存在，无限接近于永恒。”

台北　西门町
00:00AM

陈晨

“如果选一个城市真正地居住下来，我会选这里。只因为这里潮乎乎的夜风，还有这夜风中的烟火气。”

Somewhere only we know

文 / 安东尼　图 / 宇华

上海最世文化发展有限公司签约作者。
已出版作品：《红：陪安东尼度过漫长的岁月 .1》
《橙：陪安东尼度过漫长岁月 .2》《黄：陪安东尼度过漫长岁月 .3》
《绿：陪安东尼度过漫长岁月 .4》《这些 都是你给我的爱》
《这些 都是你给我的爱 II：云治》《尔本》。
厨房工作 卧室写字 心中有爱 脚下有风

一个电话过去 请你过来喝汤 汤还要小火慢炖三个小时 时间有点长 在我们的时空里却很短 你喝了一碗 说这一碗把夜满上了 我执意要送你回去

我们一路慢慢走着 白天十分钟的距离 到了夜里变得长了 于是从黑夜走到了白天 从晚安到早安 假装漫不经心地讲给 十分喜欢的你

之前谈恋爱 来得又快又猛 心里有七分的爱总要表达个十分 现在喜欢一个人心里有十分 却也不怎么说 只是想 慢慢地 慢慢地 把这十分攒满

可以 很快喜欢上一个人 但是 恋爱 要慢慢谈

爱情来得太快 快得都不能反复确定 心情更换得也快
太快的东西都没办法积累感受 不是不纪念 而是心里留了更多位置给往后 留给了想象里美得不可方物的未来

有些东西的确够得上是向往 但是在向往的路上 发现了一个这么好的自己 其实不是未来 而是过去给你的

相遇 相恋 一起奔跑了很久 谈了一生 或许爱情不是静止的 无法生根 就像很多人也在漂泊的常态 能动的时候 就往好了动 幸好人们心有向往 心地善良

我们约定啊 爱 这件事 你一旦说出口就要认真 如果不能负责就选别的词 这样确定心意就会变得简单明了

相互喜欢的人能在一起 单恋的人发现对方没有回应 也收到明确的指示 彼此坦诚相待 世界和平

我喜欢你 我也喜欢你
我喜欢你 再了解了解吧

喜欢那些不守规则的人真是平添烦恼 花在更有趣的事情上不好吗 我打赌那些不守规则的人也不会好好恋爱 但我知道你一定放不下自己的那点小心思

所有复杂的想法 回归到一个决定的时候 我希望推动它的 是简单纯粹的感受 就像去伦敦学了插花 去巴黎看内衣 从港口坐船出海 回到上海用心谈恋爱

我跟你在一起 是因为有爱 我未来有什么计划 是为了爱 我现在怎样将来在哪里 追求的是爱 爱在我眼里 是直白的 你在我眼里 是问题的答案

问朋友 给你四十八小时 有哪里能让你暂时撇开眼前 说走就走 很多人提到上海 成都 大理 只有个小朋友说 Somewhere only we know

我也说不出有多喜欢那里啊 我只喜欢你 觉得有些感动 这个地方有意义 是因为喜欢你 然后说去就去了 哪怕它不繁华瑰丽 空气湿黏 住闷热的民宿 吃Mc 搭巴士没有座 我在这里的时候 却还满心欢喜 因为心里在想你

是不是 你也和我一样 经历过 中场休息 与 温柔时刻
是不是 这种温柔力量 陪你 陪我 可以走很长一段路

采访问答

ZUI MOOK × 安东尼

Q：当下的生活节奏很快，很多人打着鸡血口号，但你的生活似乎不是这样，下厨、写作、插花、陶泥，你有自己的生活步调，不急不躁，这种心态是如何调节的？

A：你是什么样 生活就会变成适合你的样子 着急没用 你要是一个纠结的人 那么清闲就是妄想 你面对选择一定还会选那条更纠结的路 反过来你要是一个轻松的人 那你就算没有条理每天兵荒马乱也不沮丧 一不经意人生充满惊喜

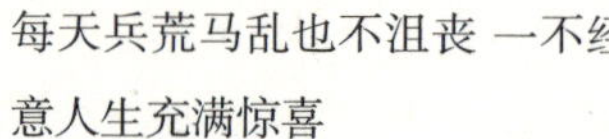

每个人都有自己的节奏 我很高兴 在自己最好的时候 能感受迎风鼓起外衣 任性而且自由地行走 很美 又很幸运 从《红》到《绿》 很多朋友变得很忙 多了家人 时间少得可怜 你非要竞走火急火燎的我不拦着 看你这么努力 爱做梦 有爱 又有理想 好路一定很长

Q：那么从《红》到《绿》，有发现什么变化吗？

A：我发现我还在《红》那个的时候 向往DIOR的秀 模特都特别肤白腿长且貌美 结果十年后 我端坐在其中 衣服紧紧贴着心 清楚地记得断背山蒙上晨雾的样子

十年前做的梦 你要是逐个记下来 也一定发现很多都实现了

Q：遇到不开心的事情，你用来治愈自己的方式是怎样的？

A：做饭 吃饭

Q："饭"是你与他人交流的一种方式么？想听听你对"做饭""做与吃中的仪式感""吃饭"的理解？

A：我觉得吃饭是个很基本的事 现在有越来越多的人关注 很好 但也没有必要把它太当个什么事 一定要去的餐厅 不得不吃的东西 这些 我觉得有点 没必要看得太重

Q：你的朋友有各种各样职业的人，喜欢跟什么样的人交朋友？

A：舒服吧 就能多见几次 之前看书里说 好的朋友 聪明 和善良都要有 善良是个基本 聪明 不会乏味

Q：你觉得度过一个美妙的夜晚最理想的方式是什么？

A：做好饭 等喜欢的人回家

echo
上海最世文化发展有限公司签约插画师
已出版作品：《这些 都是你给我的爱》《这些都是你给我的爱Ⅱ——云治》

不二兔的阅读奇妙夜

图 / 文 echo

不知是谁跟我说，你去花园的最深处吧，
那里有一株鲜红如血的玫瑰花。
只要你往花园深处走去，顺着夜莺歌唱的方向，
你就会看到它，世界上最美丽夺目的玫瑰花，
摘下它吧，答应我，不要用来祈求爱情，
只要永远永远忠诚于它。

夜莺与玫瑰

The Nightingale and the Rose

[英] 奥斯卡・王尔德

“月亮升上了天空，于是夜莺飞到了那棵玫瑰树上，用自己的胸口抵住荆棘。整整一个晚上，她就是这样用胸口抵住荆棘，不停地唱歌。”

万物萧索的冬夜，年轻人想与心仪的姑娘共舞，却苦于找不到一枝献给姑娘的玫瑰而悲泣起来。听闻哭声的夜莺，不禁爱上了这个痴情的年轻人，毅然飞向玫瑰树，以自己全部的生命之血和彻夜的歌声唤醒冰冷的荆棘，直到血红的玫瑰在寒风中绽放……

是亿万颗星星中独一无二的一株花。
为了遇见你，
要走很远的路。
结交了不少陌生的朋友，
认识了很多叫不上名字的植物，
沿途停下来尝过美味的蛋糕，
干杯过清爽的果汁，
唱过一首形容不来的，
像银河一样美妙的歌谣，
环绕在依旧空荡的心里，
一座需要钥匙才能打开的庄园。

小王子

The Little Prince

[法] 安东尼·德·圣-埃克苏佩里

“如果你爱上了某个星球的一朵花。那么，只要在夜晚仰望星空，就会觉得漫天的繁星就像一朵朵盛开的花。”

小王子爱着星球上唯一的玫瑰，却被她的虚荣伤了心，离开星球在宇宙中流浪。小王子游历了许多颗孤独的星球，却一直思念着他的玫瑰。直到在沙漠遇见愿意被自己驯养的小狐狸，小王子才明白爱便意味牵绊和责任，不顾一切地想要回到自己魂牵梦绕的星球去……

明知爱注定会成为枷锁
但我愿意用诅咒作为筹码
带着我的青春 我的热情
以及对于爱情毫无保留的相信
期待着遇见我想象了无数次的你
终于在世界即将被蒺藜树吞噬的时刻
我听见了你向我跑来的声音
从一个吻开始 锁定了故事的结局

睡美人

Sleeping Beauty

[德] 格林兄弟

"公主睡得正香，她是那么美丽动人，他瞪大眼睛，连眨也舍不得眨一下，看着看着，禁不住俯下身去吻了她一下。"

小公主出生时就被预言"一碰纺锤就会陷入沉睡"，并在十五岁时预言成真，城堡中的一切都随着公主一起陷入了沉睡。直到越长越高的蒺藜树丛将整个城堡包裹成一张巨大的睡床，沉睡的公主依旧在等待，预言里那个为她披荆斩棘、用真爱将她吻醒的人……

坠入一个需要不断奔跑的国度，
一次又一次超越冒险的界限。
形形色色的人、如梦一般的事，
像是我的殿宇、我的宗教、我的飞行……
那个点亮我整个灵魂的遇见，
就是我一再受伤，却仍旧沉迷于爱的原因。
当我们下次见面的时候，想要告诉你：
我每次所经历的美好，都与你有关。

爱丽丝梦游仙境

Alice's Adventures in Wonderland ♠

[英] 刘易斯·卡罗尔

“在这个国度，必须不停奔跑，才能使你保持在原地。如果你要前进，请加倍用力奔跑。”

天真的爱丽丝从兔子洞坠入到一个奇幻而疯狂的地下国度。她和柴郡猫、疯帽匠交上了朋友，一起参加疯狂茶会与槌球赛、藏起要被红王后砍头的园丁、抗议荒诞的法庭……在一路的冒险与奔跑中，爱丽丝不断成长，直到长成“大”姑娘时突然惊醒，原来这一切都是一场梦。

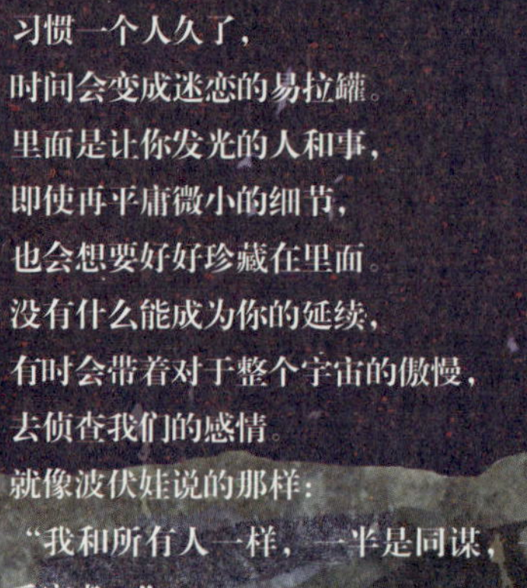

习惯一个人久了，
时间会变成迷恋的易拉罐。
里面是让你发光的人和事，
即使再平庸微小的细节，
也会想要好好珍藏在里面。
没有什么能成为你的延续，
有时会带着对于整个宇宙的傲慢，
去侦查我们的感情。
就像波伏娃说的那样：
“我和所有人一样，一半是同谋，一半是受害者。”

福尔摩斯探案集

Sherlock Holmes

[英] 阿瑟·柯南·道尔

“我的一生就是力求不要在平庸中虚度光阴，这些小小的案件让我遂了心愿。”

伦敦深夜十一点，福尔摩斯坐在贝克街公寓的窗帘后，手里捏着一支烟斗，陷入了推理和沉思。血字研究、斑点带子案、恐怖谷案、红发会案……一桩桩悬案的谜底就从这里开始逐渐揭开，而善恶从来不是黑白分明，正如沉沉暗夜也会被微弱的烛光所照亮。

我的孤独是一座花园

Selected Poems

[叙] 阿多尼斯

“如果白昼能说话，它会宣讲夜的福音，插入忧愁的发辫中。夜晚之手是温柔的。”

当夜晚在诗人的枕头上安睡，诗人却独自无眠，在只有一棵树的花园里漫游。仰望繁星如灯，诗人仿佛回到孩童时代，对世间万物展开追问；耳畔寂静如河，诗人把自己化作一支笔，插在夜晚的墨水盒里，写下一行行藏着答案的诗句。

凉凉的夜，暖暖的你

文/疏星
图/Amber Chen

上海最世文化发展有限公司签约作者。
已出版作品：《把耳朵捂住》《我也曾为你翻山越岭》《相爱的人要相爱》《公主别醒来》《你在云端好自为之》。

很多个晚上，我们因为寒冷聚在一起，因为饥饿一同进食。

像住在深山洞穴里的两只动物，满足于细碎的咀嚼。

“下次再一起吃点什么吧……”居然能抱着这样的念头昏昏欲睡。

陷入睡眠的兔子洞，明天也变得简单又充满期待呢。

（一）火锅，火锅

吃火锅是最能看出一个人习性的。

红锅白锅。各色油碟。肉类拼盘。

对食物的小小爱好，以及不吃香菜或者猪脑的小小忌讳。

都因为一餐火锅管中窥豹。连南方都下雪的冬天。

我们穿着厚厚的大衣，去凌晨没有打烊的火锅店。

四色锅中两色番茄，两色清汤。

桌上堆满各色菜。光是牛羊肉就各点了三份。

“不吃油碟是为了感受肉质本身的细腻感。”他一本正经地对我说。

走出火锅店，整个身体都翻滚着能量。

“喏，吃了这么多，就一起散步回去好了。”

（二）海鲜炒饭

遇到吵架的时候，吵到一半，他总会说：“先吃饭！”

真的吃了起来，似乎就忘记了争吵的事情。

两个人认真地沉浸在美食中。

“我感受到了师傅颠勺的重量。”

有次深夜，吵完架的两个人在路边吃海鲜炒饭，他边品味边说。

一瞬间我被他逗笑了，

海鲜炒饭真的很好吃呀，

师傅炒饭的时候火苗蹿得老高，饭的层次感也很丰富。

有这么好的美食在面前，为了什么吵架，似乎也不重要了。

“下次再去吃路那头的炒河粉吧，香味升起来，要撑破雨棚了！”

（三）失败的熔岩巧克力蛋糕

曾经半夜起来研究过巧克力熔岩蛋糕，

烤箱里并排的蛋糕像是橙黄色的暖灯，

准备慰藉饥肠辘辘的夜猫子。

听说加一些朗姆酒的话，

蛋糕的层次感会更丰富。

第一口吃下去，他说：“挺好的。”

第二口再吃下去，他皱了皱眉说：“感觉喝了一杯酒……”

整个蛋糕下肚后：“好像有点晕……”

“你到底加了多少朗姆酒？”

“也就一小碗吧……”

（四）温柔的开蚝师

生蚝配上鱼子酱，这也太资本主义了。

“资本主义的是你这个等着吃的人吧！”

讲道理——

男生在厨房认真准备料理的背影，超级帅！

端上来开好的生蚝再淋上柠檬汁，

入口即化，法式亲吻般的味蕾触感。

“我就不淋柠檬汁了……”

“为了感受肉质本身的鲜美。”

闭着眼睛都知道他接下来的台词。铺上方格桌布，斟上白葡萄酒配海鲜，

和喜欢的人一起吃饭，真的会忘记拍照。

（五）手握寿司

这家店总是经营到深夜，

深夜也许还有排队的可能。

师傅会根据观察到的你吃寿司的表情，决定你的下一个寿司是什么。

“他怎么会知道我喜欢吃炙烤的鳗鱼？”我悄悄问。

“这大概就是多年的料理经验，以及对人性与食物的了解。”

虽然每次吃的手握寿司都不相同，但还是忍不住偷瞥，

对方手上抽到的，到底是什么呢？

这也是唯一的他愿意肩并肩吃饭的地方。

“吃饭是件认真的事，当然不能像高中生一样黏在一起了。”

他一本正经的样子让我忍不住扑哧笑出声。

（六）牛排的精髓

吃牛排时，他总是认真地拒绝服务员去骨的要求。

他义正词严地说：“吃牛排的精髓就在于自己动手切割，如果不是这样，牛排的美味会大打折扣。”“酱汁的话也最好不要全淋，为了——”“为了感受肉质本身的鲜美。”我已经学会了抢答，并郑重地将盘子推到他面前，“就麻烦你体会一下双份的仪式感啦。”

美食的品鉴中，一定有举起刀叉注重仪式感的人，

将吃饭当作一次有攻略和细节可寻的旅行，

也一定有像我这样只要能吃到好吃的，怎样都行的外行。

“就算喂你吃和牛，下次也会完全忘记吃了什么，唉。”

他一边为我切割牛排，一边为精致的食物而叹气。

（七）牡丹虾刺身

家门口的日料店，总是经营到很晚。

店员已经认识我们，开口总问：“今天要吃点什么呀？”

鲜活的牡丹虾，入口的那一瞬间，好似触碰到了少女的肌肤。

咬下去，虾肉触到牙齿，有种吹弹可破的感觉。

虾肉迸发出的清甜感，伴着现磨山葵特有的清香与颗粒感。

那种圆润的辣不像辣根（普通芥末），而是一种包围感的辣，

温和的香味从身后将你拥抱，完整了这场料理仪式。

打开料理店的门，月亮像衣钩，上面挂着一袭黑夜的睡袍。

夏天的夜晚真温柔。

我们不说话，一起走很长的路。

My way

《下垂眼》创作手记

图/文 王小立

王小立

上海最世文化发展有限公司签约作者。

已出版作品：《你我交汇在遥远行星》《任凭这空虚沸腾》《骑誓·精灵骑士的杰鲁修传说》《又冷又明亮》漫画《下垂眼 vol.1》《下垂眼 vol.2》。

2006.5.20

最近一堆破事烦死人了！！

画两个小人治愈一下心灵……

2006.5.28

决定把之前的小人画成漫画在博客连载！

男生叫周小垂，女生叫林小夏。

漫画名字就叫《下（夏）垂眼》，

哈哈哈！厉害不厉害！

2006.7.20

最近更新的频率很慢……

因为学校作业太多了……

但我不会放弃的，大家继续关注啊！！

2006.9.2

朋友说她现在在《最小说》上做编辑，
要做个漫画栏目！
让我把《下垂眼》重新画好看点给她们！
天哪！！我终于可以成为一个漫画家了！！

2006.9.10

重画了N遍！
赶在截稿日完成！！
好期待登上杂志的效果啊！！

2006.12.30

一边忙学业一边连载好累哦。
昨天只睡了两小时，
今天还要去上课……
（拍脸！撑住！）

2006.5.28

思考了一段时间，我决定……退学算了。这样就能专心创作了！！

2009.3.23

《下垂眼》连载的量够出一本书了，但编辑说出版社不看好《下垂眼》这个项目，可能不让出。

我说不能出就算了。不行放网上让大家能看就行。

结果到了晚上，编辑又跟我说可以出啦！噢耶！！

2010.3.11

我的漫画单行本终于出了！！！

太不容易了！！！我要原地转一百个圈！！！

2012.7.12

《下垂眼2》单行本出啦!
今天拿了亚马逊漫画类销售榜第一名!!
啊啊啊，瞑目了!!

2014.7.30

顺应时代，《下垂眼》改
成彩色版了。
努力摸索ing……

2014.8.12

打算弄个带小垂小夏环游世界的明信片活动。
回馈读者+练习画画!!
一举两得!! 希望能坚持……至少坚持一年吧!!

2015.10.14

带小垂小夏环游世界明信片活动结束了！

365站！365天！！

坚持了一年啊！！

2016.6.20

决定把《下垂眼》拿到网络平台连载。

以后就不是每个月2P这样的量了！

而是每周10P这样的量了！

目标！专职漫画家！

2017.2.1

因为画面不够精美，所以《下垂眼》的阅读数据不太好。

今天漫画平台那边不愿意继续连载《下垂眼》了。唉……

2017.3.2

打算做收费阅读。不用平台给稿费的话，其实还是可以继续连载的。

就是不知道还能不能靠漫画养活自己了。

算了，不想那么多了。

好好把画面练上去才是正经事！！

2017.8.3

买了一本《伯里曼》，打算从基础重新练习。

认真分析了《下垂眼》的人物性格，大修了之前的大纲。

嗯！会越来越好的。

2017.9.25

出版业最近不景气，《下垂眼5》的单行本打算自印了，网络预售目前超800本，开心！

希望有生之年，能在自己的书架上放上一套《下垂眼》全集。

会一直走下去的。

《下垂眼》漫画连载平台：快看漫画/腾讯漫画/可米酷漫画

下垂眼单行本购买地址：淘宝搜索[天文台工作室]

作者微博：王小立 **作者公众号：**王小立立

孙十七

孙十七
上海最世文化发展有限公司签约插画师。
已出版作品：《我所看到的风景》《吹笛者与开膛手》。

到今年画画已经七年了，时间过得太快，但是对画画的热情丝毫没有减淡，反而更加浓郁。

初中的时候，喜欢幾米的漫画，经常在本子上临摹，现在想来，幾米应该可以算是我的启蒙老师了，也是因为幾米，让我决定以后也要做一个插画家。

记得小学的时候，在文具店里买了我人生第一盒颜料，是马利牌水粉，好像当时还不到五元钱一盒，小小的一个盒子，上面印着玫瑰的插画。这盒颜料陪我度过了好些快乐的童年时光。

Marie's
马利牌水粉画颜料
中国 上海

大学的时候，因为不喜欢当时的学校，
也不想继续在那儿浪费时间，所以大二
就选择了退学，并且决定要做一名插
画师。现在想来当时
简直是疯了，从来没有专
门地学过画画，竟然
还敢去做插画师。
哈哈，幸好这个决定
后来成了我做过的
最好的决定。
退学半年后，发表了第一张
作品，是给一家杂志画城市
地图，其中画了自由女神像。
后来杂志上市后，第一
次在杂志上看到自己
的作品，别提当时
有多开心了。

前几年喜欢到处跑，于是带着行李，装着颜料、画笔去了一个又一个城市，搬了不知道多少次家。

现在回想起那个时候，当时的生活记不起来多少，出现在我脑海中的都是拉着行李的我出现在一个又一个车站。

这几年陆续去了好几个城市。不过最喜欢的还是山东日照。当时在日照的海边租了一个房子，距离沙滩不到100米。站在房间的窗户边就能看到大海，每天晚上都能伴着海浪声入眠。

现在想来真是太奇妙的生活。

这几年尝试了好多不同的绘画媒介及画法。
包括水彩、水粉、丙烯、油画、油画棒，还
有古老的坦培拉画法。每一种画法
都是我自己一个人瞎琢磨。
这是特别好玩的一个过程。
接下来还会尝试更多，

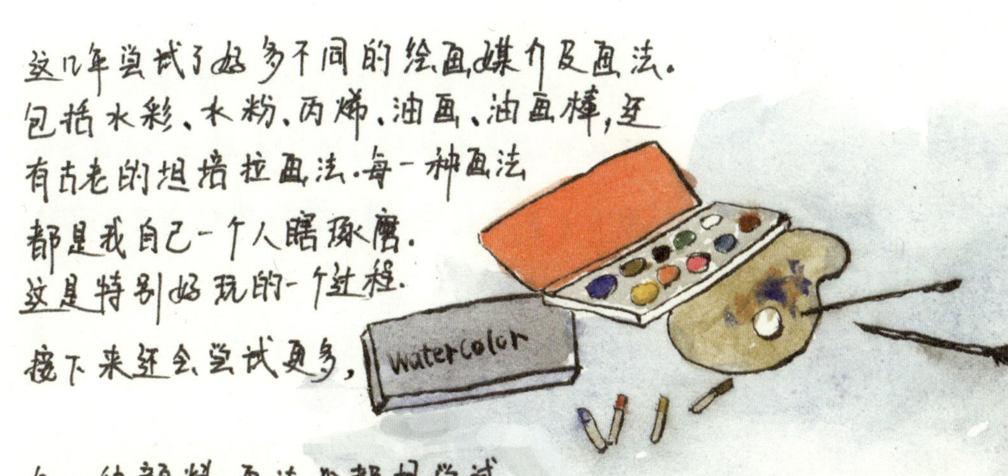

每一种颜料，画法我都想尝试。
想想就兴奋。

除了画画这个最大的兴趣爱好还有一个
我特别喜欢的，那就是打麻将，打麻
将是多么伟大的发明。
自从多年前跟着当时还在上小学的堂妹
学会了打麻将，麻将就给我的生活带来
了数不清的快乐。
为了纪念这伟大的发明，我家猫狗的名字
都是直接从麻将中选择的。

我一天的作息安排。我是一个很懒的人，所以生活作息也都是很不规律但没有效率的。

早上九点多自然醒，然后磨蹭到中午吃饭。

下午是画画时间，画到6点左右。

吃完晚饭，再看看电影什么的。

九点之后还有一段画画时间，大约画两三个小时，然后休息睡觉。

我特别喜欢在夜晚画画，很安静，精神更集中，状态也更放松。因为我是一个很懒的人，所以并不是每天都画画。不过偶尔也会有错过晚饭直接从下午画到深夜的时候，有时候画到天都亮了。不过这个时候头脑依旧很清晰，不知道为什么，神奇。

因为毕竟是自学画画，现在依旧觉得还有好多东西需要学习，
尤其是油画。所以接下来希望有机会出国留学。
其实两年前就有这个打算，无奈一直存不够钱，虽然现在依旧差太多，
但是还是觉得先准备吧，毕竟时间太重要。

下个月就是报名的雅思考试时间
希望考试顺利。

有时候觉得真好，可以把自己的爱好变成自己的事业，也因此乐于投入自己的全部精力。

也因此感谢画画，让我成为一个更好的人。

THIS IS US

那些发生在深夜不切实际的事

夜幕低垂，星辰升起，深夜里的我们渐渐脱离了白日现实的藩篱，开始浮想联翩，甚至有些不切实际。用录音笔记录下大自然夜晚的声音，在天台仰望夜空遥想另一颗星球上的自己，在夜晚的小公园边荡秋千边吃冰激凌……他人眼中的不切实际，或许正是我们最为特别的独家记忆。

王一

我一个音痴外加古典盲，居然经常深夜去看交响演出（而且曾经因为穿了大拖鞋被拒绝入场）。

疏星

深夜一点，打开电视看电影，顺便来一杯 BOP 下午茶，配上莫吉托纸杯蛋糕，一般来说这都是提神必备，我享用完却能倒头就睡。

幽草

打扫厨房吧……曾经在半夜用金刚刷把一只陈年积满油垢又烧黑的铁锅锅底刷回了出厂状态，锅盖也擦得干干净净……平时谁会刷锅底啊！

李茜

论编剧如何在半夜三更突然醒来的时候再次快速入睡：看剧本，英文更佳。

图片来自网络

王小立

在海边的沙滩来回走了两百圈，看星星看月亮思考人生和大自然……然后终于熬到地铁开闸，可以回家了……

邢燕

晚上失眠的我，会爬起来默默坐在客厅里做手工，对娃娃的执念好像从小到大都没怎么变过，只是长大后稍稍隐藏了一下。

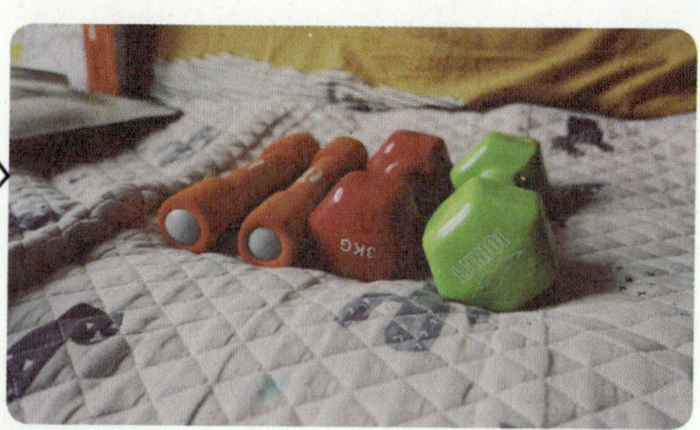

消失宾妮

这可能是我个人养生的秘密……每天开会累死累活到家，半夜呆坐电脑前，肩酸背痛，看着美剧，举起哑铃过头然后放下，这样来回，不知不觉——你就瘦了，并且肩膀会舒服很多……

梁清散

热爱自虐的我，在深夜就是喜欢打恐怖游戏，刚好又有了 VR，更是爽到歪。僵尸恶鬼糊我一脸，吓得口吐白沫才好。（赶紧拍照就可以有理由拖稿了！）

黑熙

N年前某个初冬的早上梦到初恋，情节超级动人，心悸一整天，到晚上都睡不着，深夜一点出门，步行半小时到他家楼下，仰望几分钟，原路返回……

图片来自网络

夏无觞

经常凌晨打开外卖软件点一只烤鸭独自享受，然后满足地睡去……

图片来自网络

孙十七

半夜三四点睡不着，跟朋友打着手电逛公园，感觉还不错，后来就淘宝了个专业级别的。

孙梦洁

身为猫奴，白天忙于工作，只能在深夜给猫做吃的：精选进口新鲜食材，纯手工肉丸。家里三个主子，一个月吃得比我吃得都贵。

曹小优

每年年初，我都会把早睡早起作为头号目标。然而事与愿违，我可能本身就是一个深夜体质，一到深夜我就精神抖擞，食欲大开，奋笔疾书（并没有）。深夜吃泡面已经是家常便饭了，最爱做的是深夜去小区的花园里吃冰激凌，坐在秋千上一边吃，一边念念叨叨刚写的小说里的人物台词，偶尔路过的路人常常被吓得绕道走掉。

LALA

高中时，自由鸟曾送给我一支录音笔做生日礼物。这支录音笔陪了我很长一段时间。我只在深夜用，把它吊在窗框上录音，然后在早晨去上学的路上听。其中有各种声音，可以听得很远，有火车声、船只的鸣笛声、花虫鸟叫的声音、空气流动的声音，偶尔也有二楼的人说话的声音……不同季节声音也不一样，听的时候脑内出现的画面也不一样。还给同学听，说这是“盲人的电影”（笑）。其实这些应该叫夜晚的梦吧！或许这就是深夜我会做的，他人觉得不切实际的事吧！可在这世上，发生在深夜最不切实际的事不应该是每一个人睡眠时做的梦吗？

麦瓔

玩电子琴，6 月新买的电子琴，永远是睡觉之前才想要开始研究上面那一堆按钮都是干啥用的……（有好好地戴耳机请放心！）

胡小西

为了让自己对第二天有期盼，深夜了还在刷美食微博好让自己早点睡去，第二天有动力早点起床去吃好吃的，结果越刷越饿，饿到胃酸睡不着……

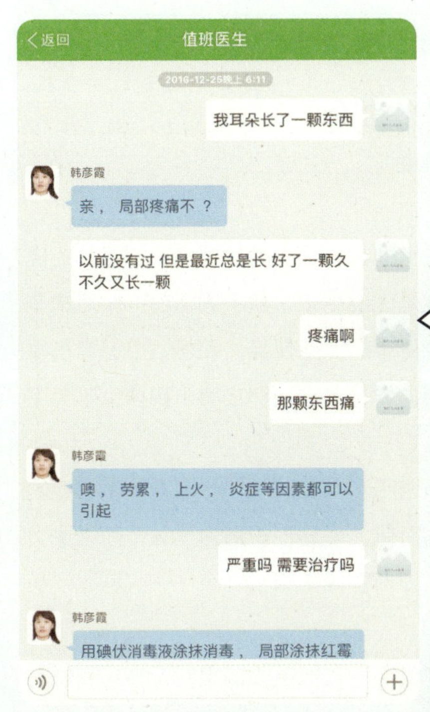

黎琼

资深疑病症患者深夜最爱怀疑自己身体出现了毛病，喜欢百度病情或者百度问医生，得到心理安慰后才能安稳入睡，请问这个情况严重吗，可以治愈吗？

自由鸟

月圆之夜，仿佛受了召唤般地爬起来，站在夏夜的露台上，久久抬头望着明月和星空，侧耳倾听有没有人在对我说话。遥远的星球上，是不是有着另一个睡不着的人，希望我能听见他寂寞的声音？

时光阅读会

欢迎来到"时光阅读会"！在这里 ZUI 作家会和大家分享阅读笔记哦。上一辑《最小说》选题书《在成为平凡的大人前》，我们邀请到笛安讲述她的阅读心情。

小编提示：你正在阅读的这本书，ZUI 作家吴忠全和你一起阅读，一起分享。属于我们的文字约会，一定不要错过！

你也曾是闪着光的少年

TEXT / 笛安

在人生还未正式开始的少年时代，我总觉得我身边的很多同龄人，是真的周身发光的。很长一段时间，我都以为，那就是传说中上帝赋予的青春——后来有一天突然顿悟到，也许发着光的，并不是我身旁的那些伙伴，而是我自己专注凝视他们的眼睛。可是，这依然是值得歌颂的青春，因为在那之后，我再也不会用那种热度的目光打量任何人了。

从十五六岁起，到二十岁左右，就是那么四五年的时间，等到了大学毕业的年纪，在外人眼里也是青春正好适合打拼的时候，可是不知道为什么，同学聚会就会有点犹疑，当年那个浑身发光的某某，为何好像变成了一个——人群里"长得还不错"的年轻人？

我想少年时代最迷人的地方就在于某种蕴含巨大能量和渴望的无序。我们的面前围着一个巨大的幕布，少年人的世界就像是个五光十色的后台，我们在那里热闹推搡，在那里化妆对词，想当然地以为铃声一响就要上台去演最重要的角色，或者去演那个自己最想要的角色，我们有时候会嫉妒那个更耀眼的人，有时候会想接近那个一看就能演王子公主的人，我们嬉笑怒骂，爱恨情仇，在稚拙的台词

笛安丨上海最世文化发展有限公司签约作者
《文艺风赏》杂志主编。
已出版作品：《西决》《东霓》《南音》《妩媚航班》《告别天堂》
《芙蓉如面柳如眉》《南方有令秧》。

里模仿着我们以为的成年人该有的样子，心跳不知不觉间加速——我们好像已经准备好了啊，为什么那个开演的铃声还是没有响？有一个人把台词念错了好几遍，我们都满心喜悦地笑他——笑得前仰后合的时候，大幕猝不及防地拉开了。

后面没有观众，没有舞台，没有要演的戏，没有一束强烈的光……只有熙熙攘攘，无人多看我们一眼的人生。

平凡就是在那一瞬间来临的。

可是，所有不属于尘世间的耀眼，难道真的都是幻觉吗？我直到今天也拒绝承认这个。这就是我捧起这本《在成为平凡的大人之前》，脑子里奔腾过的所有事。我早已知道了平凡的大人是我们每个人必然的结局——这与奋斗无关，相对的“成功”不过是为了维持一些体面，平凡人最不能没有的就是体面。

又过了一些年，我已经很少去同学聚会了，故人的近况倒是也常常听到并更新。有时候在朋友圈看到几位曾经闪光少年少女的合影——他们已经心满意足地堕入尘世，一定友善交流着所有过得不错的成年人都会有共鸣的话题。

我不敢想我自己变成了什么样子。我已经有点不愿意回忆，那时候我是如此炽热地爱着我生活的世界——就好像这个世界永远是午夜，就好像这里永远空无一人。

在《最小说》官方微博 & 微信平台上，我们收到了很多读者阅读《在成为平凡的大人前》时，关于时代、青春以及不想长大的感触和书评，每个人的青春都有独一无二的模样……

读者留言精选

关于“无法复制的年代”

[Cindy]

“00后”的我，发达的互联网从小就覆盖在生命的每个角落，真的不是很喜欢。谢谢这本书，让我了解到了另一个世界，这里有半岛铁盒、玻璃汽水，有着漫长的时光，有着人们最纯挚的只是为了对方好的心。

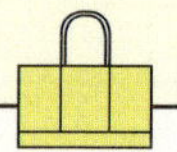

[times]

自从到异地上学后，故乡再无春秋，每次回老家，都会发现街边建起很多小商店，有很多连锁店入驻，马路重铺了，谁家又翻新了，卖奶茶的那对老夫妻也不卖了，街道拐角的老树被砍了……太多的改变弄得人措手不及，还来不及好好再看一眼，还来不及把这些曾经美好的画面定格在回忆里。是谁说的物是人非，按照现在这个发展趋势，怕是物尽太匆匆。

[垦丁的海]

《在成为平凡的大人前》整整一本收录的全是发生在千禧年之前，也就是我最神往的20世纪90年代的故事，本复古文化爱好者是真的被治愈了。我竟然没有错过它，而是把它买回来了！里面还有喜欢了快十年的笛安和落落的新文章，这本杂志我想看几遍就能看几遍！

关于“成为平凡的大人”

[Niko]

小时候不理解大人的时候会赌气道：“我不想长大，我不想成为像你一样的大人！”后来慢慢发现时光的脚步谁也阻止不了，像自流的河水，像落山的太阳。既然我们谁也不可以不长大，那就拼尽全力，做一个内心永远年轻的大人，而不要把笑容磨掉，换上冷漠的皮囊。我们会成为大人，我们也将永远年轻。

[崆安]

算是快过了少年的定义线，迈向名为成年人的新的岸线。高中记忆尚有余温，但也不是什么特别难割舍的回忆。我知道自己会成为一个平凡的大人，想到这有点难过，因为我曾想独自撑起天地予你数十年逍遥自在。如今看着你，想着穿堂风终究不知自己引了山洪。但是如果能回到少年时代，我会更用力地和你说，无论你平不平凡，我都爱你，我都在这里。

[呆头]

我们曾经发着誓言说不会变成大人的模样，可我们还是活成了他们的影子。好像我们无力挣扎改变，像从一开始就被设置好的闹钟一样，在特定的时间某个隐藏在灵魂深处的东西爆发开来，悄无声息。我们怀念的不是青春，而是当时无拘无束没有烦恼的岁月，但我们终是被时间磨去了棱角。

关于“回不去的青春年少”

[亦绿]

儿时的我们做着大大的梦，可长大了大部分人还是在平凡的生活里沉寂。或许已经错过了“在这之前”再做些什么的机会，那不如就在书里做一场“回到过去”的大梦啊。拯救世界的超人只是少数，但选择生活是每个人的权利。

[杏子小姐]

可是，怎么办呢？ 你问我想不想回到少年时代？我好想啊。纵然我知道慌乱与结巴不会改变，负气与暴走不会改变，相爱的人依然会相遇，告别的人永不会重逢。

[南安]

当我成了大人以后，却希望自己能够永远都长不大，永远停留在那段青春的岁月里。我在阳光下，翻着《在成为平凡的大人前》，往事点滴在心头腾涌。我的心头之上，是这些年的敢爱敢恨、相知相识、孤傲自负、任性荒唐和那满书柜的《最小说》。其实吧，我青春的代表就是《最小说》了，那些每月里总有一天往书店里跑的情景，此生难忘。

这本《深夜自愈指南》，我们邀请吴忠全分享阅读笔记，你是否有着独特心情也希望能一起分享？
欢迎参加“时光阅读会”的书评征集活动（长短不限哦）！
参与方式：标明【书评活动】字样，发表微博并 @ 最小说，或者在《最小说》微信公众号，点击“留言”发送给小 ZUI，就可以参加啦！我们会从中选取 5 位幸运读者赠送精美礼物，更会抽选书评留言刊登在“时光阅读会”的版块中哦！

那些生命中温暖而美好的瞬间

总想有一个人，陪我虚度时光或是一起奋斗，无论在晦暗的低谷或是辉煌的顶点，都能站在我身边。是你吧，我的朋友。你是我喜爱自我与世界的理由，让我在生活的罅隙里感受到幸福，还有那么多属于我们的具有意义而值得怀念的时光……

下一本《最小说》选题书中，我们将跟随名家作者的脚步，看看属于他们的朋友圈，让情缘的美妙在这里展现，人生的闪光于这里点亮……

To莱问同学：

果然想起你来，也实在找不到什么忧伤的回忆。虽说我俩是因为听歌认识的，而你喜欢的浅川maki只唱忧伤的歌，可你这人果然和忧伤扯不上半点关系。我还记得你来北京找我，我俩去颐和园划船，在动物园轮流模仿黑熊，末了我和三爷特意带你去吃最好的烤鸭。你对烤鸭无动于衷，却大赞那家店的焦溜丸子，作为一个美食家，我也无话可说。更无话可说的是，一年之后，你居然还说要来北京吃“大鸭梨”。大鸭梨的烤鸭能吃吗！你根本就不是为了吃烤鸭吧。而最后听你说出“我就是喜欢大鸭梨这个名字”的时候，我觉得自己不愧是一个了解你的人。

现在我要告诉你，北京还有一个叫“郭林”的饭馆，感觉也是你会喜欢的名字。下次来的时候我带你去的，不过莱，你就一个人吃去吧。

From你的小说家朋友，幽草

To老吕：

好像是那次一起去首尔，因为我经历了一些事情，你陪我去散心，原本买买买很开心，可是在回来之前的那个深夜，我们走在林荫道，突然想起了一些事情，我放声大哭起来，觉得活着好难，怎么都过不下去了。你赶紧把手里的包扔了，抱着我劝我，会好起来的，一定会好起来的，你还要看着我结婚生小孩，我还要看着你女儿考上大学，等年龄大了再一起去合买的宅子养老，我们都会熬过来，都会有一个好的结局。

我们一起旅游的次数并不多，十六岁时候一起去南京，二十二岁的时候一起去泸沽湖，三十岁的时候一起去首尔，可这三次旅行全部都是在我经历了一些非常大的人生变故后发生的。这些原本应该是我最脆弱最无助的时刻，但因为有你，变成了让我发现，其实我并非没有人爱的幸福时刻。

From老刘，刘麦加

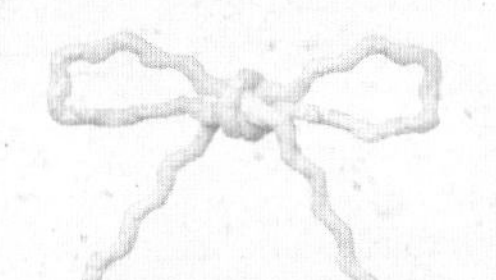

To贼王：

以前我总觉得我和你之间的距离远得要用北上或者南下来形容，计划一次见面，还得用上两三年的时间，所以认识五年了只见过寥寥的三次面，怎么看都是有着南北差异的普通网友。

但是居然从2013年起，我们就共用着同一条签名，期望“山河并肩坐看”，你的头像是尔康或许仙，我的头像就是紫薇或白娘子，反复看一样的剧，喜欢听一样的歌，一起写文，一起打游戏团战，一起被人追杀。

对于对方的微信，那只是吐槽的树洞，除了搞笑从来没谈过正经事，笑完就消失。经常有很多不切实际的可怕计划，做很多根本不可能如约完成的约定，谈论成为宇宙主宰这种遥不可及的理想，犹如笑柄一般交往，却是唯一会跟对方说勿忘初心的人。

这四个字不难说，还特别土，但是在彼此这种相处模式的人生中，比谁说都真心。

From贼后，黎琼

To和尚团长：

听说我们曾经一起玩过的那个网络游戏，要出重制版了，70个G的新压缩包，是不是有点厉害。当年我们一起玩的时候，电脑都不太好，每次打副本都不能开全特效，要屏蔽所有队友，只剩下各自头顶的名字，你总是站在开怪的地方，在语音频道里喊着大家集中精神，自己却不小心手滑按了技能，被boss秒杀在地上。“唉，是烟掉在键盘里了……”你会试图挽回场面。

你其实是一个挺好的团长，因为我不爱混野团，于是你就自己开团，慢慢这个团被你经营得特别好。每个过了十二点的深夜，我们会在主城里讨论攻略，顺便招固定团员。你知道的，人总是来来去去的，后来我也走了。之后你又陪我玩了好几个游戏，但都不长久。不知道之后的网游不好玩了，还是我不爱玩网游了。

重制版会有什么呢？我们的五甲记录还在系统里吗？你跟别人竞拍到天价然后送给我的披风会更美吗？经常去发呆的那个雪山会有春天来临吗？

我们，要去看看吗？

From道士副团长，冯天

深夜自愈指南

SHENYE ZIYU ZHINAN

本期作者

郭敬明[主编]

作家，导演，编剧。上海最世文化发展有限公司董事长，“80后”作家群代表人物。
代表作品：《幻城》《夏至未至》《悲伤逆流成河》《小时代》系列、《爵迹：雾雪零尘》《爵迹：永生之海》。
导演作品：《小时代1》《小时代2：青木时代》《小时代3：刺金时代》《小时代4：灵魂尽头》《爵迹》。

安东尼

上海最世文化发展有限公司签约作者。
已出版作品：《红：陪安东尼度过漫长的岁月.1》《橙：陪安东尼度过漫长岁月.2》《黄：陪安东尼度过漫长岁月.3》《绿：陪安东尼度过漫长岁月.4》《这些 都是你给我的爱》《这些 都是你给我的爱Ⅱ：云治》《尔本》等。

自由鸟

上海最世文化发展有限公司签约作者。
已出版作品：《魅惑·法埃东》《光月道重生美丽》《羽翼·深蓝》《遗迹·凝红》《小祖宗1.0魔术师》《小祖宗2.0命运之轮》《小祖宗3.0世界》《骑誓·丛林骑士的亡者征途》《天众龙众·阿修罗》《天众龙众·夜叉》《青春蚁后》。

张冉

科幻作者，第二十四、二十五、二十六、二十七届银河奖获奖者，第四、五、六、七届全球华语科幻星云奖获得者。
已发表中短篇小说二十篇，出版短篇集《起风之城》。

邢燕

上海最世文化发展有限公司签约作者。
已发表作品：《再见，少年》《诡迹》《无尽》《最冷一夜》等。

吴忠全

上海最世文化发展有限公司签约作者。
已出版作品：《桥声》《有声默片》《单声列车》《再没有什么比生命更寂寥》《等路人》《我们没有在一起》《失落在记忆里的人》。

琉玄

上海最世文化发展有限公司签约作者。
已出版作品：《宅不宅之暴走香港》《宅不宅之玩转东京》《东倾记·神启》《东倾记·啸世》《你可以爱我》《妄劫歌·轻雷》《妄劫歌·灵机》《北京人在北京》《北京人在北京·煮海》《北京人在北京·沸雪》《光与专属少年》《花与灼眼之爱》《夜与极昼恋人》《琉言·第一条》。

陈晨

上海最世文化发展有限公司签约作者。
已出版作品：《浮世德》《骑誓·蛊骑士的灵印》《双CHEN 记》《160 170 180》《约克公园》《你在世界的每一处》《请和孤单的我吃饭吧》。

孙梦洁

上海最世文化发展有限公司签约作者。
已出版作品：《世界病》《比梦想更重要的是》。

黎琼

上海最世文化发展有限公司签约作者。
已出版作品：《木魅山诡录》《世界上有千百种喜欢》。

幽草

上海最世文化发展有限公司签约作者。
已出版作品：《狼少年》。

梁清散

上海最世文化发展有限公司签约作者。
已出版作品：《文学少女侦探》《新新日报馆·机械崛起》。

王一

上海最世文化发展有限公司签约作者。
已发表作品：《在秋日午后起飞》《夏天尽头的少年》《幸运儿》《你来看她的演唱会》。

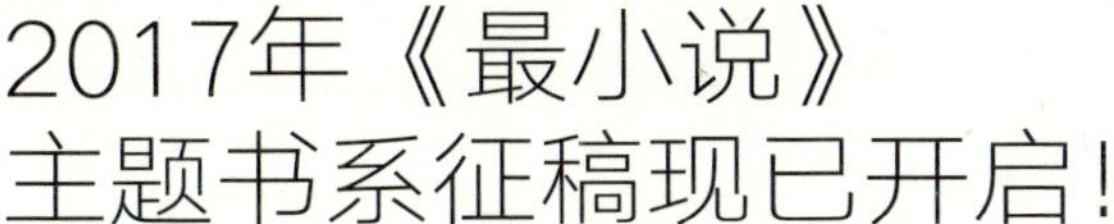

2017年《最小说》主题书系征稿现已开启！

你是否梦想用文字来抒发情感、用绘画来描摹世界、用摄影来表达个人观点？《最小说》主题书系将让更多的人得以发现并认可你的心意与作品。

【我们需要什么】

[文字类]

青春校园√科幻√悬疑√推理√其他非常规题材√

篇幅在3000~6000字之间，如稿件特别优秀，可以酌情考虑延长篇幅。

只要你的故事足够精彩，只要你的文字足够动人，我们绝不错过。

投稿邮箱：

wen1@zuibook.com

wen2@zuibook.com

wen3@zuibook.com

[图片类]

插画/摄影/设计师合作，请发送个人作品及简历至邮箱：art@zuibook.com

【你需要注意的是】

*投稿内容无暴力色情描写，无政治、宗教倾向。

*文字和图片类投稿作者不得一稿多投，两个月内没有收到答复可以另行处理。

*投稿时请留下自己的真实姓名、笔名、联系方式，以便我们与您取得联系。

[Zestful Unique Ideal]

全新旅程，期待你的加入。

欢迎关注《最小说》微信公众号，在这里将为你送上由编辑精心策划、作者倾情参与、读者趣味互动的特别主题活动。优质故事、作者动态、活动资讯、福利放送逐一奉上，更有新书推荐、编辑部故事、ZUI树洞等精彩小栏目呈现。ZUI动人、ZUI新鲜、ZUI趣味，一切尽在《最小说》官方微信公众号。对啦，最新的“投稿秘籍”也即将上线哦~

这场关于文字的约会，让我们进行到底。

文艺风象

ZUI Fount

[便利店便利的不止一点点]

主编：落落
定价：16.8 元
上市日期：2017 年 10 月 15 日

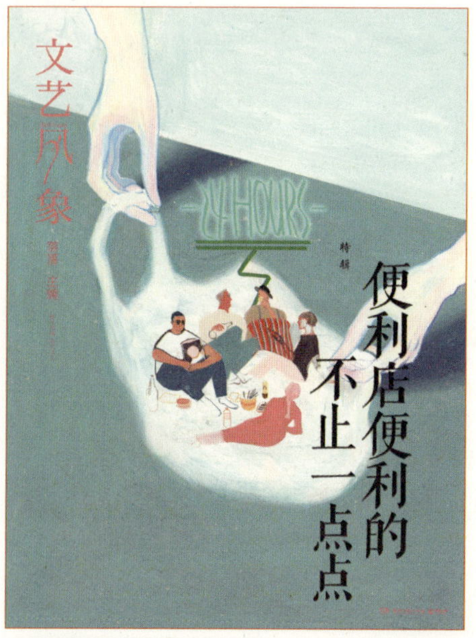

能够直接影响心情和状态的，往往都是日常生活中的那些小小的事物。而特别喜欢探索细节的《文艺风象》，这一次的观察对象，就是被许许多多细节塞满的便利店。本期主题嘉宾，我们邀请到的是影视演员谭松韵，2012 年她因在清宫剧《后宫 · 甄嬛传》中扮演了娇憨可爱的淳贵人一角而受到关注，之后又参演了如《旋风少女》等颇受欢迎的影视剧作品。本期特辑的流行人物，是日本歌手坂本美雨，她的父亲是日本著名音乐制作人坂本龙一，她的代表作品有个人专辑 *Aquascape*、*Dawn Pink* 等。

便利店，是一种 24 小时营业全年无休的小商店，它是能给人带来特别的安全感的存在，甚至有的朋友自豪地说，便利店的存在，助长了自己随心所欲安排进食和起居时间的气焰。你所在的城市里流行便利店吗？最受欢迎的是哪家？你经常都去店里买些什么呢？在便利店里发生过怎样的故事？本期特辑，就将从这些版块和栏目出发，带给你一切有关便利店的有趣内容。

《2030·终点镇》

作者：迟卉
定价：32.8 元
上市日期：2017 年 4 月 15 日

被人类赐名的机器，在为争取真正“活着”而蓄力。一场人类与人工智能的博弈，一场互相猜测与对答的游戏。光怪陆离的科学幻想，险象环生的惊奇案件，这场来自人类与人工智能的交战，正缓缓拉开帷幕……

《失落在记忆里的人》

作者：吴忠全
定价：38 元
上市日期：2017 年 5 月 10 日

关于一场蓄谋已久的暗恋，一个触碰不到的恋人，一段结束后开始的感情。导演宁浩激赏推荐，即将搬上大银幕。原来爱情并不是两个人的事情，一个人也可以轰轰烈烈，也可以岁月绵长，也可以演绎出所有的起承转合，且刻骨铭心。

《绿——陪安东尼度过漫长岁月 Ⅳ》

作者：安东尼
定价：36.8 元
上市日期：2017 年 6 月 10 日

用更加成熟的笔触讲述真实生活中的点滴感悟，和时光罅隙间漫无边际的遐想。平凡生活中徘徊悱恻的爱情，细致入微的美好，不期而遇的梦想，都在安东尼的笔下被时间化成了暖心质朴的情书，陪你走过春夏秋冬，走到红橙黄绿。

《遗忘将至》

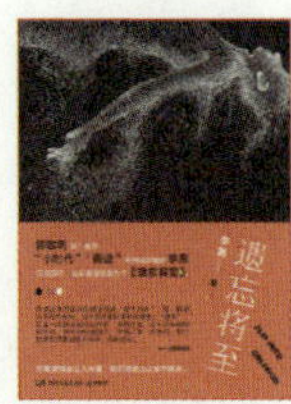

作者：李茜
定价：32.8 元
上市日期：2017 年 7 月 25 日

一场险象环生的“记忆整合”实验，一次光怪陆离的“记忆回溯”旅程，开启一个超乎想象的记忆世界：光环与血泪并行交织，罪恶与救赎角力起伏。“小时代”“爵迹”系列电影副编剧李茜催泪悬爱力作，郭敬明通读全书感动推荐。

《橙——陪安东尼度过漫长岁月 Ⅱ》

作者：安东尼
定价：38 元
上市日期：2017 年 8 月 2 日

记述安东尼在墨尔本留学的生活片段，旅行中的见闻感受，以及在这个过程中对生命、人生的一些感悟。我们需要一些琐碎的片段，身边真实的故事。需要微小的、错综复杂的、细枝末节的感动。五年典藏版全新包装，暖心上市。

《里德——这些都是你给我的爱 Ⅰ》

作者：安东尼、echo
定价：39.8 元
上市日期：2017 年 8 月 2 日

讲述兔子男孩安东尼失恋后，为找寻曾经恋人一心向往的那棵“开满鲜花的树”，而独自一人踏上旅途，环游世界的故事。用灵动的语言，倾吐少年恋慕和成长的酸涩心事。七年典藏版更精美的装帧，全新修订的插图，重温安东尼式的感动。

《北京人在北京·沸雪》

作者：琉玄
定价：32.8 元
上市日期：2017 年 8 月 10 日

女孩们面临着结局前最后的考验，欲望、物质似乎都触手可及，但爱情、友情却总是求而不得。“终其一生，我需要的也只是一个方向，那尽头是你。”“北京人在北京”系列大结局，三个女孩间的激荡青春。

《第五波入侵 Ⅱ》

作者：瑞克·扬西
定价：32.8 元
上市日期：2017 年 8 月 18 日

继首部惊天浩劫后，死亡危机再度升级！看不见的敌人、信不过的同伴、等不到的希望……强大过自身所有的恐惧，才是活下去的唯一奇迹。普利兹文学奖得主瑞克·扬西“第五波”系列强势来袭，又一部刻画外星人入侵地球的科幻力作。

《夜行列车》

作者：梅骁
定价：32.8 元
上市日期：2017 年 8 月 25 日

九桩看似无关的案件，真相却令人不寒而栗！受害者隐藏着秘密，凶手变成了受害者，谋杀转换为工具，情感转换成手段，无法掩饰的除了爱意，还有杀意。九篇相互勾连的推理小说，诉尽无法以爱拯救的荒凉人生。

图书在版编目（CIP）数据

最小说：深夜自愈指南 / 郭敬明主编．— 长沙：湖南文艺出版社，2017.10
ISBN 978-7-5404-5916-1

Ⅰ．①最… Ⅱ．①郭… Ⅲ．①短篇小说—小说集—中国—当代 Ⅳ．① I247.7

中国版本图书馆 CIP 数据核字（2017）第 228923 号

上架建议：青春 / 畅销

ZUIXIAOSHUO:SHENYE ZIYU ZHINAN

最小说：深夜自愈指南

主编：郭敬明
出版人：曾赛丰　　出品人：郭敬明
文字总监：痕痕　　责任编辑：薛健　刘诗哲　　监制：毛闽峰　赵萌　李娜

特约策划：卡卡　董鑫　　特约编辑：孙宾　张明慧　　营销编辑：杨帆　周怡文
装帧设计：ZUI Factor (zui@zuifactor.com)

出版发行：湖南文艺出版社（长沙市雨花区东二环一段508号，邮编：410014）
网址：www.hnwy.net　印刷：北京中科印刷有限公司　经销：新华书店

开本：787mm×1092mm　1/16　　字数：178 千字　　印张：15
版次：2017 年 10 月第 1 版　　印次：2017 年 10 月第 1 次印刷
书号：ISBN 978-7-5404-5916-1　　定价：34.80 元

质量监督电话：010-59096394
团购电话：010-59320018

插图设计：Fredie.L